UM ÚNICO SUSPIRO

AMANDA APTHORPE

Tradução por
REBECA RODRIGUES VARGAS E SOUZA

Publicado em 2022 por Next Chapter

Capa de Beatriz Guterman

Editado por CoverMint

Dedicado aos meus pais, Sid e June Jones,
e minha irmã, Andrea Madeline Jones

Eu havia me tornado consciente demais de que o começo e o fim da vida dependiam de uma única respiração, como se o resto fosse conduzido nesse intervalo.

CAPÍTULO UM

MELBOURNE, AUSTRÁLIA

O teto da cabine era tão baixo que eu podia medir sua distância até meu rosto com um palmo. Uma luz fria vinha do cubículo do banheiro ricocheteando nas paredes e refletindo nos painéis acima do meu nariz. Onde se encontravam, alguém havia cutucado a costura como uma criança com a casquinha de um machucado. A cada virada e curva da balsa, a fumaça do diesel entrava pelos buracos.

Não escutava nada da cama abaixo. Minha irmã, presumi, estava dormindo pacificamente, mas eu precisava do conforto de seu entusiasmo. No espaço que sobrou para mim, eu contorci meu corpo de modo que minha cabeça e torso pendurassem sobre a borda do beliche.

"Madeleine. Está acordada?"

Houve um gemido baixo e o rangido das molas do beliche enquanto ela rolava.

"O que?" Seu bocejo estava pesado de sono.

"O que estamos fazendo aqui, Mads?"

Nenhuma resposta, apenas um ronco suave no fundo de sua garganta. Eu rolei para trás para olhar novamente para a costura irregular do teto. Um cachorro latiu em uma cabine em algum lugar ao longo do convés.

Na escuridão do que eu temia que fosse nossa cripta aquosa, me perguntei se fazer essa viagem havia sido uma escolha sábia.

CAPÍTULO DOIS

Tudo começou com a chegada da primeira carta. O que me lembro daquele dia é tingido em tons suaves de outono. Devia estar calor porque eu estava sentada no quintal lendo o jornal. Eu olhei para cima, atraída por um tom na voz de Madeleine.

O ar parecia brilhar ao redor de seu corpo forte e sólido enquanto ela se movia em minha direção. Meu próprio corpo esgotado teria cortado o ar como uma lâmina cega. Seu braço estava levantado como se ela fosse dar um tapa na carta, ela se segurou na mesa de ferro fundido e seu rosto estava contraído por uma preocupação familiar. Quando a peguei, vi que meu nome e endereço estavam escritos em tinta nanquim, com uma caligrafia antiquada. Ela se sentou enquanto eu rompia o selo. Dentro havia uma folha de papel pergaminho dobrada. Quando eu abri, uma pequena pedra caiu sobre a mesa.

"O que diz"? Madeleine acenou com a cabeça em direção ao bilhete e se aproximou da maneira protetora que ela havia adotado naqueles meses. Ela pegou a pedra e a rolou entre os dedos.

As letras de uma língua estrangeira estavam escritas no centro da página.

"Não está em inglês", eu disse e passei para ela. Ela tentou proferir o que pareciam ser três palavras e encolheu os ombros quando me devolveu a carta. Eu estudei mais de perto.

"Pode ser grego". O envelope estava virado para cima e eu observei o carimbo do correio. "Foi enviado de Kos", eu disse.

"Onde?"

"Uma ilha grega perto da costa turca".

Os olhos da minha irmã brilharam em resposta. Ela sempre foi ávida por mistério, uma característica que a levou a aventuras mais ousadas do que eu jamais poderia imaginar. Peguei a pedra e segurei-a com uma das mãos por baixo da mesa. Voltei a ler o jornal, fingindo falta de interesse na carta, mas na verdade senti um pequeno e silencioso pavor.

"O que você acha que é, Dee"?

Eu olhei para cima e encontrei seus olhos. "Provavelmente é outra carta de ódio".

Ela pegou o envelope e parecia estar medindo o peso das palavras com um pequeno movimento da mão.

"Acho que não", disse ela. "É diferente das outras. Pra que ser enigmático quando odeia alguém"?

"Bem, não pense muito sobre isso", disse eu, folheando uma página do jornal com uma finalidade que se baseava em meu status de irmã mais velha. A palma da minha mão latejava em torno da pedra.

Naquela noite, acordei às 2h20. Minha mãe uma vez me disse que era a hora em que as pessoas têm maior probabilidade de morrer. Eu havia acreditado nela, mas em todos os meus anos de prática médica não tinha visto nenhuma evidência, embora meu trabalho normalmente se interessasse com o início frágil da vida.

Em tempos mais recentes, eu havia me tornado consciente demais de que o começo e o fim da vida dependiam de uma única respiração, como se o resto fosse conduzido nesse intervalo.

Foi outro sonho que me acordou e a memória dele continuou a ressoar. Por um tempo, eu deitei embaixo das cobertas, permitindo que fossem filtrados.

Lá está um homem com a mão estendida para mim. Cobras se contorcem a seus pés enquanto deslizam de uma estreita veia rosa incrustada em um pedestal de mármore. Observo com fascinação, depois com horror, ao perceber que não é mármore, e sim o corpo de uma mulher sem vida. As veias rosas ficam azuis. Eu me viro ao sentir a respiração de outra pessoa e vejo uma mulher com o cabelo trançado. "Quem é você"? Eu pergunto. Ela está prestes a falar seu nome...

Por volta das 3h30, eu havia feito minha terceira xícara de chá. Se eu fosse Madeleine, teria sido manteiga de amendoim comido de colher para aliviar a ansiedade. Eu queria ligar para ela, mas resisti. Além da hora tardia, não ia aguentar sua análise do sonho e suspeitei que já soubesse um pouco do que ela diria - a cobra era a minha energia *kundalini* finalmente liberada. Pensávamos diferente, mas que o que me manteve a mesa, respirando longos goles de vapor de chá pelas narinas, era que Madeleine e eu concordaríamos sobre o significado da mulher morta.

Às 4 da manhã, um jornal de duas semanas que eu havia guardado estava aberto diante de mim. Eu sabia o que estava lá, mas nunca tinha aberto até aquele momento. Na página cinco, vi o pequeno artigo, os fragmentos da minha vida reunidos em cerca de 100 palavras. O ponto principal era: *Veredicto inocente; integridade profissional restaurada; o demandante, lutando para conciliar o nascimento de sua filha e a morte de sua esposa; a esposa... morta por causas imprevistas.*

Eu reli o artigo e disse o nome da esposa em voz alta – Bonnie – como um feitiço. Desejei que ela não tivesse um nome para que doesse menos.

Exonerada de toda culpa – fez tudo o que podia..., Mas as palavras não me trouxeram nenhum conforto.

"Não foi sua culpa!" Madeleine havia dito, sua expressão desesperada com o medo de que eu pudesse ter um colapso.

Como uma pessoa deve conseguir aceitar estar envolvida na morte de

outro?

Me apoiando na minha velha mesa de jantar de carvalho, uma das favoritas da "caixa da glória" que abandonei quando Julian foi embora, levantei-me, sentindo dores físicas e mentais, e fui até a estante. Um amigo bem-intencionado sugeriu que eu registrasse meus pensamentos após a morte de Bonnie como uma espécie de terapia. Eu segui seu conselho, procurando por qualquer coisa que pudesse aliviar a dor e o caso movido contra mim pelo marido de Bonnie.

Tirei do bolso o envelope que chegara naquele dia. A pedra caiu na minha mão enquanto eu olhava para a nota. Embora eu não pudesse entendê-los, as palavras me deixaram inquieta. A coloquei entre as páginas do diário. Da gaveta da escrivaninha, tirei minha caixa de joias. Além de um colar de pérolas e um escaravelho de jade, uma lembrança da viagem de Madeleine ao Egito, não havia muito mais dentro. Antes de a pedra se juntar a eles, eu a estudei enquanto estava na palma da minha mão. Não tinha mais do que dois milímetros de espessura, mas parecia fria contra o calor da minha mão. Era de mármore ou quartzo e tinha uma fina veia vermelho-ferrugem que a fazia corar.

Às 5h da manhã, me sentindo mais tranquila, seja pelo chá

ou pelo cansaço, voltei para a cama. Eu dormi então, um sono sem sonhos e mais do que dormi em meses. Quando acordei, deitei sob as cobertas, como tinha feito tantas manhãs desde a morte de Bonnie.

Revigorada, fiquei inquieta rapidamente e senti o retorno de uma antiga ânsia de começar o dia. Tomei banho com um senso de propósito e senti vontade de tomar um café e comer um croissant na Chapel Street, eu não fazia isso há muito tempo. O clique do portão soou como aprovação quando se fechou atrás de mim.

Na minha cafeteria de sempre, contornei as mesas da calçada. O clima frio de outono estava começando a atingir meus dedos dos pés. De um assento perto da janela, olhei para fora, lamentando ter perdido o calor do sol e os dias quentes e preguiçosos que vieram e se foram naquele verão quando eu mal havia saído de casa.

Deb veio anotar meu pedido e sorriu. "Faz um tempo que não vejo você, Dana. Estava viajando?"

"Sim", menti e não falei mais nada. Ela não perguntou.

"Sortuda. Umas férias me fariam bem... Talvez nas ilhas gregas", ela sussurrou perto do meu ouvido antes de sair para sentar um casal que tinha acabado de entrar.

Em pouco tempo, encontrei-me na seção de viagens de uma livraria local em busca de um guia prático para a Grécia. O pouco que eu sabia sobre Kos viera de meu fruticultor, Kym, que ficava com os olhos cheios de lágrimas quando falava sobre a casa que havia deixado 20 anos atrás. Sua descrição a fazia parecer linda, como a sua casa parece quando você está longe e se sentindo nostálgico.

Não havia nada especificamente sobre Kos, mas folheei o conteúdo de um guia de viagem e a encontrei. "... Terceira maior ilha do Dodecaneso... cinco quilômetros da península turca de Bodrum" ... Passei os olhos por sua história.

"Hipócrates, o pai da medicina, nasceu e viveu na ilha". Hipócrates.

Senti uma pequena dor em meu abdômen que eu não conseguia mais distinguir entre física ou emocional. Lembrei-me de como fiquei orgulhosa e emocionada quando fiz seu famoso juramento, e em particular a frase: "Aplicarei os regimes para o bem do doente segundo o meu poder e entendimento, nunca para causar dano ou mal a alguém. A ninguém darei por comprazer, nem remédio mortal..."

O rosto abatido e suplicante de Bonnie surgiu a minha frente, e eu senti novamente o choque da primeira carta de ódio que chegou dias após sua morte: "MALDITA. ASSASSINA".

CAPÍTULO TRÊS

O ronco de Madeleine ficou preso no fundo de sua garganta, e ouvi o gemido das molas quando ela se sentou de repente.

"Está acordada, Dee"?

"Estou".

"Conseguiu dormir"?

"Não".

"Eu também não".

Meus olhos rolaram para o teto. "Mads, estive pensando..."

"Aham"? Soou cautelosa.

"Que cometemos um grande erro".

Houve silêncio lá embaixo. Agora que era uma especialista agora em me contorcer em pequenos espaços, inclinei-me, virando minha cabeça em sua direção. "Mads"?

"Por que, Dee? Por que o mar está um pouco agitado?"

"Um pouco agitado! Não, não é isso, é só... É tudo... loucura. Por que estamos aqui?"

"Não, não é loucura. Era pra virmos".

"Ah é. Por favor, não me diga: 'é o nosso destino'".

"Mas é".

Inclinei-me ainda mais sobre a grade do beliche,

"Ah Mads, saia dessa. Com base no que? Uma carta que não entendemos. Um pequeno pedaço de mármore que poderia ser uma lasca de lápide - um aviso!"

Silêncio novamente, então o rangido das molas quando ela saiu da cama. Cambaleou até o banheiro tentando manter o equilíbrio enquanto o barco balançava para o lado. Quando ela fechou a porta, fiquei na escuridão. Virei de costas, me sentindo culpada por estar jogando a culpa na minha irmã. Afinal, fui eu quem organizou esta viagem.

Do lado de fora da livraria, parei para pensar em meu próximo passo e me afastei para permitir que uma mãe com seu bebê no carrinho passase por mim na trilha estreita. Colocando o guia de viagens debaixo do braço, andei atrás deles, tentando evitar que meus pensamentos levassem sua diversão familiar para a desolação. Em vez disso, as luzes fluorescentes de uma agência de viagens me atraíram e um olhar amigável me convidou para o balcão. Uma jovem cujo crachá dizia Karen terminou de digitar no teclado e virou para me dar atenção.

"Estou pensando em ir para a Grécia", eu disse.

"Ida e volta"?

E então, surpreendendo-me novamente, respondi: "Apenas ida."

Quando contei a Madeleine o que havia feito, sua reação me pegou de surpresa.

"Você vai embora na próxima sexta-feira!" Ela disse,

incapaz de disfarçar a decepção em sua voz. Ela tinha sido minha companheira constante nos meses anteriores, quase minha cuidadora.

"Mas foi você quem sugeriu que eu fosse", eu a lembrei.

"Sim..." Madeleine estudou as unhas.

"Ah, e por falar nisso..." Eu bati na mesa e falei olhando para as mãos dela. "Se você puder tirar um tempo, comprei uma passagem para você também".

"Está brincando"?

Eu sorri com a memória daquele momento.

"Não, não estou brincando", eu disse e toquei seus dedos. "Eu só quero te agradecer. Você tem sido ótima, Mads e eu não sei o que teria feito sem você".

"Você é minha irmã". Seus olhos pareciam perigosamente úmidos.

"Então, isso é um sim?" Eu disse, enquanto entrava na cozinha. Respirei fundo enquanto enchia a chaleira.

"Mm, deixe-me pensar..." Madeleine gritou através do zumbido da chaleira. "Se você insiste".

"Insisto". Sorri para as duas xícaras em minha mão. "Seu passaporte ainda está válido?"

Sua cabeça apareceu na porta da cozinha.

"Está... Preciso ir".

"Para onde?" Eu perguntei.

"Para casa... para fazer as malas!"

Eu podia ouvir Madeleine amaldiçoando a descarga insignificante do vaso sanitário no cubículo do banheiro. Quando ela abriu a porta, a luz que saiu era como a de o flash de uma câmera capturando minha miséria no beliche de cima de uma balsa agonizante.

Ela remexeu na mala sem falar e voltou ao banheiro, apagando a luz novamente em uma clara declaração de irritação. Sem ver nada, estendi as mãos a procura dos painéis acima do meu nariz e dei-lhes um empurrão igualmente irritado. Meus pensamentos voltaram aos dias anteriores à nossa partida. Embora estivesse adiando, finalmente fiz o telefonema que temia.

"Dana ... como você está?"

Meus olhos doeram com o som da voz de Ruth. Como chefe de gabinete, ela passou por momentos difíceis durante meu processo judicial. Ela nunca vacilou em seu apoio a mim, apesar das tentativas da mídia de denegrir a reputação do hospital. Tive que apertar meus lábios antes de responder.

"Estou bem", respondi e fui direto ao ponto. "Ruth, preciso de um tempo..."

Antes que eu pudesse terminar, sua voz suave passou entre nós.

"Claro... Eu concordo. Quanto tempo você gostaria?"

Hesitei, a generosidade e a segurança do que ela estava oferecendo eram tentadoras.

"Eu preciso pedir demissão".

Ouvi ela puxando o ar com força do outro lado.

"Dana, por favor, reconsidere. Você pode tirar seis meses... Tire um ano se precisar".

Fiz uma pausa, tentada.

"Acho que é o melhor, para mim e para o hospital".

"Eu sei o que é melhor para este hospital, e você é uma parte significativa disso".

"Obrigada, Ruth. Significa muito ouvir você dizer isso. Nunca vou esquecer o que você disse em minha defesa".

"Trabalho com você há 10 anos. Eu quis dizer cada palavra".

"Eu... Perdi a energia, Ruth, e a confiança, sem dúvida".

"Isso era de se esperar, Dana. Se dê uma pausa".

"Darei," eu disse com falsa convicção. "Não sei quanto tempo vai demorar, então é melhor assim".

Ela ficou em silêncio por um momento.

"Aceitarei sua demissão, se é o que você realmente quer", ela finalmente aceitou. Sua voz, sempre calma, estava ainda mais gentil. "Mas ainda haverá um lugar para você, se mudar de ideia. Lamento muito que isso tenha acontecido. Deus te abençoe, Dana".

Ao me despedir, me perguntei se havia agido com muita pressa e me senti trêmula pela incerteza. Eu estava deixando meu trabalho, estava deixando minha casa e não sabia direito o por quê. Liguei para meus pais. Eles ficaram surpresos ao saber que as duas filhas ficariam fora por um período indeterminado de tempo.

"Vai ser bom para você, querida", disse meu pai, e eu senti o bálsamo reconfortante de seu amor. Ele não questionou minha decisão de deixar o hospital e fiquei grata. Minha mãe não ficou tão feliz.

"Pelo menos vocês ficarão juntas".

Eu deveria saber que ela me traria pouco conforto.

CAPÍTULO QUATRO

Enquanto eu fazia as malas, Madeleine chegou com dispositivos de viagem: almofadas infláveis, máscaras para os olhos, garrafas de bebida e pomadas labiais que foram espalhadas pela mesa da minha sala de jantar.

"Brindes", anunciou ela, "de um dos meus clientes".

“Tudo bem você ir embora?”

"James pode lidar com o negócio de olhos fechados".

Madeleine havia construído seu negócio de paisagismo a um nível que agora podia empregar uma equipe.

“Provavelmente me tornarei obsoleta,” acrescentou ela.

“Duvido”, eu disse com sinceridade. Minha irmã era o gênio criativo e comercial por trás da Gorgeous Gardens.

“Então...” Ela arrumou os itens na mesa distraidamente. "Eu não perguntei o que você descobriu sobre Kos".

“Não muito.” Eu disse a ela o pouco que sabia.

Ela vasculhou sua bolsa em busca de um bloco de notas e o balançou na minha frente.

"O que é isso?” Eu peguei dela.

“Os frutos da minha própria pesquisa”.

Fiquei surpresa e ela viu no meu rosto.

"Bem," ela disse para a minha sobrancelha erguida, "eu não achei que você fosse querer e..."

"Você quis." Eu ri, grato por minha irmã ser previsivelmente imprevisível.

A porta do banheiro se abriu. Madeleine parou, seu corpo formando uma sombra impressionante na moldura da porta.

"Vamos sair daqui", disse ela, mas não pude ver seus lábios se movendo e a declaração foi estranhamente inquietante. Obediente, deslizei da cama e me vesti.

Nos arriscamos com a tripulação hostil e outros passageiros. Os motores pararam e a balsa diminuiu o ritmo. Das janelas de uma sala quase deserta no convés superior, podíamos ver um punhado de luzes da ilha. A voz crepitante no alto-falante dizia que estávamos chegando a Kalymnos. Espiando no escuro enquanto a balsa ia à ré para atracar, pudemos ver um antigo forte tingido por luzes âmbar pairando sobre o porto. Apenas uma dúzia ou mais de pessoas desembarcaram e foram engolidas pela noite no final do cais.

"Não falta muito agora", murmurei, tanto para mim mesma quanto para Madeleine. Ela não respondeu.

Um suspiro de alívio escapou de mim quando finalmente embarcamos no avião para a Grécia. As despedidas não eram meu ponto forte e fiquei irritada com a repentina demonstração de afeto de minha mãe. No caminho para Cingapura, Madeleine ficou empolgada. Quando partimos para Atenas, ela havia se exaurido. Eu compartilhava de sua ânsia de deixar

Melbourne e, na verdade, a minha vida, mas ao mesmo tempo parecia que eu estava fugindo. Sempre tive orgulho da minha capacidade de concluir tudo o que comecei e ainda dar um passo a mais.

Meu pai, embora encorajador e orgulhoso de minhas realizações, sugeria, de sua maneira mais diplomática, que eu levasse as coisas de maneira mais leve.

"Já conquistou muito, Dana. Do que mais precisa?"

Agradecia sua preocupação, mas não achava que pudesse ir longe demais. Eu prosperava no desafio de aprender mais, especialmente sobre minha profissão, e prosperava com o sucesso. Partir era como admitir a derrota e me perguntei se deveria ter ficado para enfrentar aqueles que criticavam e voltar ao trabalho. Em algum lugar ao longo do caminho, porém, eu perdi a vontade de fazer isso.

Naquele longo voo, meus pensamentos se voltaram para o dia que mudou minha vida, como voltaram em quase todos os minutos de todos os dias durante meses. Enquanto Madeleine dormia, tentei desviá-los, mas a energia necessária estava se esgotando. Repeti sem parar os eventos daquele dia procurando por algo que pudesse ter deixado escapar – uma evidência clara da minha culpa ou, e odiava admitir, a de outra pessoa – porém, não havia nada que eu pudesse identificar, e os eventos haviam se tornado distorcidos com o tempo.

Tudo naquele dia parecia errado, até mesmo sinistro, embora esse fosse um sentimento nascido em retrospecto. Eu havia feito consultas e um parto. Havia auxiliado em dois outros, um parto difícil e o outro um bebê seriamente prematuro. Depois de 14 horas sem pausas, estava cansada. Quando eu estava me preparando para ir para casa, Bonnie, uma de minhas pacientes, foi levada às pressas para o pronto-socorro com uma hemorragia. Embora eu já estivesse acostumada com a visão de sangue, desta vez ele me chocou e, por semanas, ela voltou como uma corrente de plasma com coágulos escuros e malévolos que mancharam meus sonhos.

Lembro-me de ter jogado minha bolsa de lado, furiosa de frustração quando as luvas de borracha enrolaram na palma da minha mão enquanto eu as colocava apressadamente. Me lembro do marido de Bonnie, pálido de pânico. Bonnie precisava de uma cesariana de emergência, mas os anestesistas estavam ocupados com casos igualmente urgentes. Não tive escolha a não ser administrar o anestésico sozinha, mas não consegui colocar o tubo de respiração em sua garganta. A arfadas estranguladas de Bonnie assombraram meus dias seguintes.

A partir desse ponto, minha memória se tornou borrada pelo tempo e o choque. Nos sonhos que se seguiram, eu forçava o tubo cada vez mais fundo em sua garganta. Nesses sonhos, os olhos de Bonnie observavam os meus com uma atenção enervante, em outros, eles imploravam para que eu salvasse sua vida. Ao que tudo indica, agi com rapidez e competência – esse foi o veredicto, com base nos testamentos daqueles que estiveram presentes – mas eu não estava convencida. Bonnie morreu de asfixia e sua filha nasceu logo depois.

Recostei-me no assento, sentindo o desespero familiar crescendo em meu peito. As técnicas de respiração apenas empurraram aquilo ainda mais fundo nas minhas vísceras. Tateei a procura da bolsa que coloquei debaixo do assento e tirei parte do material que Madeleine havia coletado para pesquisa: dois textos pequenos e algumas páginas de anotações que ela havia feito em edições mais pesadas da biblioteca local.

Abri um dos livros, um tratado sobre uma seleção dos escritos de Hipócrates e folheei suas páginas. A seção introdutória era acadêmica e tediosa, mas as páginas que se seguiram eram uma coleção de cartas e discursos atribuídos a ele.

No lado esquerdo de cada página dupla, o texto estava escrito em grego - grego antigo, raciocinei. A tradução em inglês estava escrita à direita. A primeira parte, eu li, era um apelo do povo de Abdera a Hipócrates para que curasse seu venerado Demócrito, porque eles temiam que ele estivesse enlouquecendo. Mas Hipócrates suspeitava que Demócrito estivesse dando os sinais de possessão maior sabedoria, e para o mundo exterior, esses sinais eram interpretados como loucura. Eu me perguntei se, para o mundo exterior, os sinais que eu dava nos últimos meses eram consistentes com alguma forma de perturbação mental.

Continuei lendo enquanto Hipócrates contava um sonho: "Parece que vi o próprio Asklepios... cobras o acompanhavam. Eu me virei e vi uma mulher grande e bonita com seu cabelo trançado de maneira simples... 'Eu imploro, grandiosa, quem é você e como devemos chamá-la?'"

Fiquei atordoada. Embora um estilo particular de linguagem tenha sido usado, a mulher no sonho de Hipócrates se parecia com a do meu. Reli a passagem para me convencer de que estava sendo fantasiosa, de que me apeguei a um ou dois elementos: a cobra e a mulher que poderiam aparecer nos sonhos de um milhão de pessoas.

Quanto mais eu li, mais profundamente aquilo me afetou. Retirei a carta de Kos da sacola e coloquei-a na bandeja à minha frente. Corri meu dedo lentamente pela tradução grega do sonho de Hipócrates, comparando cuidadosamente as letras gregas com as da página da nota. Na Carta 15, eu os identifiquei.

Madeleine se mexeu e abriu os olhos, ficando alerta ao ver a carta e o livro aberto.

"Encontrou algo"?

"Mmm"... Eu estabilizei minha respiração. "Olha isso".

Contei a ela sobre meu sonho e o que encontrei no livro.

Ela se sentou, animada, mas não surpresa. Nada era uma coincidência para minha irmã.

"Quais partes do sonho são paralelas as letras gregas?" Ela disse, se mexendo no assento.

Li em voz alta a tradução anterior: "E como devo chamá-lo?"

E havia as três palavras da nota: "'Verdade', disse ela".

Minha mão tremeu e Madeleine colocou a dela sobre ela como fizera quando a primeira carta de ódio chegou antes da minha exoneração.

CAPÍTULO CINCO

A cortina de fumaça tóxica de Atenas havia sido dispersada por um vento persistente vindo do Mar Egeu. Do avião, era possível ver a cidade se espalhando amplamente para o mar e para as montanhas atrás. Como a maioria dos turistas, queríamos ver a Acrópole e o Partenon e, nós duas pensamos ter os avistado em momentos diferentes. Não havia como ter dúvidas quando realmente apareceu. Nada moderno parecia poder chegar aos pés daquilo.

Estávamos tensas por causa do voo e irritadas por sermos constantemente empurradas enquanto esperávamos por nossa bagagem. Finalmente, embarcamos em um ônibus lotado para o porto de Pireu. No cais, atingidas pela explosão de apitos de navios e pelo cheiro constante de diesel, compramos nossas passagens para Kos em uma bilheteria abandonada onde um homem idoso vestindo uma camiseta, que antes era branca, sentava em um banquinho. Enquanto ele falava, fiquei imersa nas manchas sob suas axilas. O navio partiria em 10 minutos, fomos informadas em um inglês desajeitado. Para Madeleine, isso era um sinal, de que a viagem estava "predestinada"

Observamos as balsas atracadas com aprovação: eram Blue Star, da Minoan. Elas eram grandes, modernas e estavam elegantes e bonitas a luz sol. Fiquei feliz por termos escolhido pegar uma balsa em vez de um voo de conexão. Esta foi a minha entrada a uma nova forma de vida: ser mais espontânea e aproveitar o momento. Tudo parecia estar se encaixando.

Nossa balsa era a que estava mais longe. Quando nos aproximamos, paramos e seguramos os cotovelos uma da outra. Um pequeno suspiro escapou dos lábios de Madeleine. A balsa era pequena, velha e feia e minha mente girou ao pensar que passáriamos doze horas nela. Madeleine ficou abatida. Sua natureza aventureira não incluía afundar no mar em um barco enferrujado.

"Talvez seja melhor lá dentro", eu disse, tanto para aumentar meu moral quanto o dela. Não era.

"Mas eu tenho certeza de que a tripulação será amigável", acrescentei, enquanto caminhávamos pela prancha.

Eles não eram.

A bordo, comemos uma refeição apressada de salada velha e queijo feta azedo assim que a cozinha se abriu e então nos esgueiramos para nossa cabine na esperança de um sono tranquilo. O Mar Egeu era agitado no final de abril e, eu percebi, no beliche de cima, com o teto cada vez mais perto do meu nariz, que eu não estava sofrendo apenas de claustrofobia, mas de uma péssima sensação de que estávamos indo em direção ao perigo.

No escuro, Kos parecia ainda mais sinistro do que Kalymnos. Esperamos no convés com os outros oito passageiros para desembarque; duas mulheres, uma com um filho adolescente e a outra carregando sacolas cheias de mantimentos, enquanto o resto eram homens de várias idades.

Um silêncio pesado pairou sobre nossas cabeças enquanto esperávamos que a prancha fosse baixada. Quando foi, os outros seguiram suas vidas com propósito, deixando-nos à mercê dos agentes turísticos.

CAPÍTULO SEIS

KOS

A fome me acordou. Quando abri os olhos, demorei algum tempo para ajustar minha mente à falta de familiaridade do quarto antes que os acontecimentos da manhã fizessem sentido

Sobreviver a balsa havia dado a Madeleine uma nova apreciação pela vida. Com confiança, ela nos guiou através dos guias e entrou no escuro do final do cais. Fiquei grata por isso – minha própria tentativa de ser corajosa estava desaparecendo rapidamente. Mas quando fomos recebidas por portas fechadas nos hotéis que ela havia selecionado no guia de viagens, sua confiança decaiu.

Em uma última tentativa de liderança, mas cansada demais para falar, indiquei com a cabeça um banco na orla, visível sob um poste de luz solitário. Removemos nossas mochilas com um baque e nos sentamos pesadamente.

Do outro lado da água parada, as luzes do porto de Bodrum cintilavam e, acima dela, no céu azul da cor de um manto real, a lua em forma de foice e as estrelas brilhavam em um clichê impressionante. Ficamos sentadas em silêncio, absorvendo a beleza daquilo.

Uma movimentação aconteceu atrás de nós: um carro batendo no meio-fio, um homem idoso e uma mulher quase caindo dos bancos da frente. Ela caminhava com surpreendente agilidade à frente dele e estava virando as páginas de um catálogo antes mesmo de chegar até nós. Entorpecida pela falta de sono, gesticulei para que Madeleine os seguisse.

A parte de trás do velho Renault estava abarrotada de papéis, pequenas caixas e roupas que foram colocadas de lado para deixar espaço para as costas dos turistas. Madeleine e eu sentamos no chão enquanto o casal na frente parecia estar empoleirado no ar. Não tenho nenhuma lembrança do rosto do marido, apenas de sua ansiedade em estar sob o comando de sua esposa. Os cabelos grisalhos sob a careca caíam desigualmente sobre o colarinho, o que piorava com a inclinação dos ombros curvados.

No espelho retrovisor, vi olhos tristes e arrependidos. Ele engatou a marcha e o carro finalmente deu partida, embora houvesse a estranha sensação de estar passando por água espessa. Eu relaxei no couro descascado do assento. A exaustão me colocou em suas mãos junto com uma sensação de imprudência.

Por que parar agora? Eu pensei.

Depois de apenas 10 minutos, entramos na entrada de um complexo moderno e passamos por uma piscina na parte de trás do edifício. O resto é um borrão em que escolhemos camas em um apartamento pequeno, mas arrumado, largamos a bagagem e subimos, totalmente vestidos, debaixo as cobertas.

Com meu queixo ainda preso com segurança sob o lençol

áspero, observei o quarto. Na outra cama, as costas de Madeleine subiam e desciam em um sono calmo. À minha esquerda, grandes portas de vidro se abriam para uma varanda pequena, mas funcional. Além do vidro havia uma terra árida, coberta de pedras e arbustos pequenos e densos de azeitonas marrons e verdes. Espalhados aqui e ali havia novos conjuntos habitacionais que estavam em vários estágios de conclusão, mas quase todos eram de um branco que se sobrepunha na paisagem marrom ao redor. Imaginei que, do ar, essas construções deveriam parecer os excrementos de um pássaro pré-histórico gigante. Era lindo de uma fora bruta e descontrolada.

Manchas nas portas de vidro chamaram minha atenção. Quando me concentrei nelas, seus lugares aleatórios pareciam se ordenar em um mosaico opaco e transparente que trouxe à tona a memória de outro sonho que tive no início da manhã.

Antes da morte da Bonnie, lembro-me de ter apenas sonos sem sonhos. Desde aquele dia, passei a sentir que vivia parte da minha vida presa em algum lugar entre o mundo dos sonhos e a realidade. No mais recente, lutei para me libertar de uma sala com paredes do mesmo padrão de mosaico. A textura, porém, era membranosa, e elas se dobravam com a pressão da minha mão. Com medo de sufocar, peguei e puxei um canto elevado do padrão e tirei uma aba em forma de diamante que percebi, com horror, ser pele.

"Dá para acreditar nesse sono?" A voz de Madeleine quebrou meus pensamentos.

Me virei para encará-la e sorrimos satisfeitas.

"Quero voltar para a cidade de Kos e dar uma olhada nela à luz do dia. O que acha?" Eu perguntei.

"Por mim tudo bem". Madeleine espreguiçou-se e saltou da cama com um retorno de sua energia típica. "O que aquela mulher abelhuda disse sobre a água quente?"

"Algo sobre o interruptor lá". Eu balancei a cabeça em direção ao guarda-roupa à nossa frente.

Depois de trinta minutos e de tormarmos dois chuveiros frios, partimos para a cidade de Kos.

Fora do nosso apartamento, observamos o exterior do complexo que avistamos no escuro. Como outros, eram acabados com uma cal brilhante – difícil de encarar onde o sol do meio da manhã refletia. Embora não pudéssemos ver nenhum outro inquilino, havia sinais de suas vidas: toalhas de praia coloridas sobre as grades da varanda, frascos de shampoo visíveis pelas janelas opacas do banheiro. Na frente, a grande piscina teria parecido convidativa se não fosse pelas pequenas ondas que se formavam com a forte brisa que soprava colina acima em nossa direção.

A estrada principal ficava a cerca de cem metros e, do outro lado, era possível ver o mar por entre as árvores à beira da estrada. Não era o azul vívido que eu esperava, mas parecia agitado e sujo com o vento.

"São mesmo eucaliptos?" Eu apontei para frente.

"Sim! Mas aqui?" Madeleine ficou desapontada.

Quando chegamos à estrada, não vimos nada que lembrasse um ponto de ônibus, mas a 200 metros à nossa esquerda, em um restaurante ao ar livre, uma figura alta se movia entre as mesas, preparando-se para a hora do almoço. Ao nos aproximarmos, folheei meu dicionário de bolso, mas antes que pudesse dizer uma palavra, a figura, um jovem, deu um oi.

Falamos oi de volta.

"Oiiiii, australianas"! Ele gritou novamente, "Bom dia, amigas!"

Perplexas, nos apresentamos e ele nos disse em voz alta, em

um inglês fragmentado, que seu nome era Alexander, que realmente havia um ponto de ônibus e que o ônibus chegaria a qualquer minuto. Observamos o cardápio para mais tarde, agradecemos e voltamos para a rua.

"Sem problemas, amiga!" Ele gritou para nós, "Volte para a refeição! Pergunte por Alexander... Alexander, o Grande".

"É claro!" Nos falamos de volta, certos de quecomeríamos lá no futuro.

CAPÍTULO SETE

Na hora certa, o ônibus chegou cheio de turistas jovens e bronzeados de várias nacionalidades. Abrimos caminho pelas longas pernas com sandálias e mochilas e nos sentamos na parte de trás.

"Parece que vamos descer na área de Psalidi," Madeleine ergueu os olhos do mapa no guia, "Mais adiante, há fontes termais..." Ela esticou as pernas à sua frente e deu um gemido suave e melancólico.

"Vamos procurar um carro hoje", eu disse, pensando que meus próprios músculos ficariam gratos pela fonte. Eu havia visto uma locadora não muito longe do restaurante de Alexander.

"Vamos dar uma olhada na cidade de Kos primeiro e dirigir de volta... Para casa". Como a palavra soou estranha para mim naquela hora. Nosso pequeno apartamento era "casa" por enquanto e o pensamento pareceu certo. Olhei para Madeleine que, ao que parecia, também havia notado o significado. Ela me deu uma cotovelada gentil e sorriu.

"Chegamos," disse eu, retribuindo o sorriso. "Conseguimos".

Pelas janelas sujas do ônibus, observamos os sapais que chegavam até o mar à nossa direita e as colinas marrons e rochosas à nossa esquerda. Ao longo do caminho, os hotéis se aglomeraram se aproveitando do mar. Em uma praia de pedras perto da estrada, espreguiçadeiras vazias esperavam pelos clientes do hotel. Mais adiante, a beira da estrada estava mais cheia com restaurantes situados entre plátanos, palmeiras e buganvílias roxas. À direita, ao nos aproximarmos do forte, vi o banco onde havíamos sido "sequestradas" nas primeiras horas da manhã. Do outro lado da água até a Turquia, Bodrum era uma mancha branca que se espalhava de seu porto até as encostas marrons nuas de suas colinas.

Procurei a lua crescente, querendo torna-la em nosso talismã para a jornada. Ainda era vagamente visível, suas duas pontas voltadas para o oeste. Uma lua crescente, eu pensei, um antigo sinal de fertilidade e tempos prósperos. Mas isso era no hemisfério sul, eu me lembrei. No Norte, esta era a lua minguante.

A estrada virou entre o forte à nossa direita e grandes edifícios em estilo veneziano à nossa esquerda. Às 11 horas, as calçadas e a ponte acima de nós que ligava a cidade ao forte já estavam se enchendo de turistas e moradores. O motorista parou o ônibus em uma curva em frente à grande praça que estava lotada de mesas e cadeiras de vime. Havíamos percorrido tudo aquilo no escuro, mas isso havia apagado por nosso medo e exaustão.

Ao pisarmos na calçada, fomos envolvidos por um ar denso com o cheiro de diesel, peixe, polvo grelhado no carvão e grãos de café torrados. Ouvia-se sons de risadas, gritos bem-humorados, o ganido estridente de motonetas, pescadores gritando uns com os outros e o baque surdo de barcos atracados se empurrando. A luz solar refratada através do vapor do azeite e do diesel refletia nos pavimentos de concreto, nas paredes caiadas de branco e na água do porto. A cidade brilhava nessa luz.

Segurando os braços uma da outra e colocando o trazeiro para frente quando uma scooter passou atrás de nós, cruzamos a estrada para o porto. Barcos de todas as formas e tamanhos estavam atracados. Os grandes e modernos olhavam arrogantemente para baixo de suas proas compridas, para os barcos de trabalho que estavam abaixo. Em vários estágios de abandono, esses pequenos moradores balançaram com entusiasmo, cutucando uns aos outros como os meninos locais quando garotas de pernas longas passeavam pelo cais.

Durante a meia hora seguinte, contornamos o porto captando a cidade, trocamos alguns dólares por euros e anotamos mentalmente outras coisas de que precisaríamos: lavanderias, farmácias, mercados e pequenos cafés com preços mais baratos. Mas no nosso primeiro dia decidimos comer e gastar muito. Voltamos para a praça principal e fomos conduzidos por um garçom a uma mesa ao ar livre.

Em apenas meia hora, eu havia devorado uma mussacá de vegetais como se eu nunca mais fosse comer na vida e relaxado na poltrona de vime de encosto alto. Madeleine ainda estava saboreando sardinhas grelhadas ao molho de tomate e alcaparras. Ela estava relaxada e eu percebi o quanto a aventureira nela precisava ser satisfeita. Minha irmã já estava se fundindo com os habitantes locais.

As pessoas frequentemente comentavam sobre nossas semelhanças, mas eu só conseguia ver como éramos fisicamente diferentes. O contraste enre a pele morena de Madeleine e a minha pálida já estava se aumentando enquanto nos sentávamos ao sol da primavera. Seus grandes olhos castanho-escuros mostravam vulnerabilidade, apesar de suas explosões de entusiasmo extrovertido. Eu me perguntei se meus próprios olhos azuis-acizentados sem graça haviam se transformado em outra barreira para o mundo. Tínhamos a mesma altura, mas Madeleine havia ficado mais forte depois de anos de trabalhos manuais. Aos 35 anos, ela ainda trabalhava tanto quanto os jovens aprendizes que havia formado em horticultura e paisagismo.

Fechei os meus olhos apreciando o calor do sol em meu rosto e braços e deixei os sons do restaurante passarem por mim: o tilintar de copos se encontrando nos brindes ou sendo retirados por um garçom ocupado. Conversas se fundindo em um murmúrio indistinguível, pontuado de vez em quando por uma gargalhada estridente.

Abri os olhos e observei os outros clientes. Em uma mesa, quatro homens de aparência robusta usando pesadas joias de ouro conversavam animadamente, gesticulando uns para os outros. Se eles não estivessem rindo, eu teria pensado que estavam discutindo. Em outra mesa, um homem de cabelos negros na casa dos trinta estava conversando com duas garotas atraentes de aparência nórdica. Os cachos escuros de seu cabelo emolduravam um rosto afilado e estreito. Quando sério, ou ouvindo atentamente, ele inclinava a cabeça para trás e olhava por baixo de seu nariz aquilino impressionantemente longo. Do meu ponto de vista, isso o fazia parecer arrogante e dificil, mas quando ele sorria ou ria, seu rosto se transformava em algo inesquecível – como uma droga eufórica, um afrodisíaco. Certamente, a linguagem corporal das garotas que o acompanhavam sugeria que elas pensavam o mesmo, e eu também achei difícil tirar os olhos dele.

Ele era um encantador e tudo sobre ele exalava confiança e sensualidade. Seus movimentos eram lânguidos e graciosos – o jeito que cruzava as pernas longas, esticava e dobrava os braços e as mãos elegantes atrás da cabeça.

"Dee... Dana! Ahhh meu Deus, ele é lindo!" Os olhos de Madeleine seguiram os meus.

Nesse momento de nossas vidas, minha irmã e eu estavamos solteiras. Ela procurava pela alma gêmea que se esquivava, mas eu nunca havia acreditado no conceito até que conheci Julian. Eu rapidamente desviei o pensamento.

"Será que é grego?"

Madeleine o considerou "Pode ser. Ou talvez espanhol ou italiano... Vamos perguntar para ele".

Enquanto eu fazia uma careta, ele se levantou, segurou e beijou o rosto de cada uma das garotas. Ele as deixou tagarelando na mesa e se dirigiu em nossa direção mancando um pouco. Prendendo a respiração, dei um leve chute em minha irmã – um aviso para não abrir a boca.

"Ciao, signorine".

Ao passar, ele nos deu um sorriso deslumbrante.

"Ciao," dissemos em uníssono e alto demais.

Pagamos por nossa refeição e vagamos mais fundo pela praça e suas alamedas afluentes cheias de lojas de souvenir que vendiam pequenas estátuas brancas e bustos de Hipócrates, pergaminhos do Juramento e outros provérbios selecionados. A quantidade de produtos era esmagadora e me senti boba por minhas ideias românticas de visitar sua terra natal.

Madeleine colocou a mão nas minhas costas. "Vamos

encontrar a árvore dele". Ela folheou o guia na outra mão procurando a rota para o famoso ícone.

"Por aqui." Ela acenou com a cabeça para a nossa esquerda.

Subimos apenas algumas colinas até chegarmos à Praça Platanou, um pequeno, mas lindo cenário parecido com um parque com plátanos e palmeiras, caminhos de paralelepídeos, resquícios de edifícios antigos e belos restaurantes com terraços cobertos por buganvílias. Aqui, o ar parecia parado e embora os terraços estivessem cheios de clientes, eles pareciam calados e silenciosos neste espaço.

Não foi difícil encontrar o famoso plátano, embora estivesse cercado e apoiado por andaimes. Sem dúvida, era antigo - embora não tão antigo quanto os Koans faziam os turistas acreditarem que era. O pensamento era preocupante e eu me perguntei se havia algo de autêntico deixado nesta ilha.

Sentei-me na beira do muro baixo que o cercava e contemplei a paz da praça, observando o antigo sarcófago turco a poucos metros de distância e a ponte para a entrada principal do forte: o Castelo dos Cavaleiros.

"Vou dar uma caminhada." Madeleine se dirigiu para a ponte, deixando-me sonhando acordada.

Quer Hipócrates tivesse ensinado sob este plátano ou não, a praça havia testemunhado muito da vida da antiga cidade de Kos. Certamente ele teria caminhado por aqui, talvez mergulhado em um pensamento ou conversa que acabaria mudando a prática da medicina ocidental. Eu me virei para encarar a árvore, imaginando-o caminhando com seus alunos. Esperei por um sentimento: de que encontraria uma resposta para uma necessidade que ainda não conseguia identificar. Vir aqui havia sido a decisão certa? As folhas farfalharam levemente enquanto fiz a pergunta para mim mesma, mas nada mais.

Na ponte, juntei-me a Madeleine, que estudava a placa nos portões duplos do castelo.

"Chegamos tarde demais, os portões já fecharam", disse ela.

"É," eu disse, "eu acredito".

Uma hora depois, e com as compras básicas, voltamos pela avenida até uma locadora de automóveis que eu vira do ônibus. Saímos em um Fiat: a liberdade em amarelo canário.

Quando chegamos ao prédio no final da tarde, nos perguntamos se os sinais de vida que havíamos visto pela manhã eram apenas um cenário arranjado pela abelhuda e seu marido. Uma vez lá dentro, pude ver, na grade da varanda vizinha, dois pés femininos que se flexionavam expressivamente com a animada conversa de seus donos.

Para o lanche da tarde, comemos uma salada grega e vinho local em nossa própria varanda e aproveitamos a atmosfera que livre de vento e barulho. Ao pôr do sol, as colinas mudaram de marrom para cinza e, com o cair da noite, as luzes dos condomínios se juntaram às estrelas. Embaladas pela paz e com os estômagos cheios, revisamos nossa jornada até agora e decidimos que, afinal, talvez não tivesse sido um erro ter vindo.

Quando a noite esfriou, deixei Madeleine contemplando a vista e entrei. Peguei o material coletado sobre Hipócrates e, durante a hora seguinte, procurei nos livros que estavam na cama por algo que produzisse borboletas no meu estômago ou que tirasse me chão.

Sob aquela lâmpada nua do meu quarto em Kos, obtive um entendimento melhor do que jamais tive sobre sua influência na medicina ocidental, que ele havia retirado a prática das mãos dos padres que carregavam os pacientes de culpa e havia trazido uma compreensão racional na causa e tratamento de várias doenças. Compreendi mais profundamente que sua influência se estendeu através das gerações de formação médica e havia sido fundamental para a minha, mas percebi algo novo em mim: algo estava faltando. Eu me senti seca.

Madeleine entrou na ponta dos pés e, sem falar, afundou-se na cama. Depois de mais uma hora infrutífera, acompanhada pelo ronco suave de minha irmã, refleti que talvez Hipócrates não pudesse ser verdadeiramente conhecido por palavras, mas precisaria ser vivido em sua terra natal.

CAPÍTULO OITO

O vento que havia açoitado o mar no dia anterior havia diminuído, e o Egeu estava em seu tom de azul típico. Quando começamos a subir, a vista era deslumbrante e a base, aonde a cadeia de montanhas da ilha chegava a um fim acidentado, tinha a aparência de uma alma torturada e abatida pela vida. Em um pequeno planalto, antes da descida para as fontes termais de Thermes, cabras selvagens pastavam enquanto seus filhotes brincavam nas pedras e tufos da grama costeira.

Eu parei em um estacionamento ao lado de dois outros carros alugados. Do alto da escada gasta e precária, era possível ver quatro mulheres deitadas na parte rasa, onde a água quente saía por pequenos orifícios perto da costa. Descemos, agarrando-nos ao corrimão enferrujado e quebradiço. O penhasco íngreme à nossa frente agigantava-se sobre a praia de pedras. Aqui, a água quente saindo da base do penhasco me lembrava a incrível força que jazia por baixo, como o tique nervoso de um homem louco.

Se minha irmã se sentia ameaçada por essa beleza brutal,

ela não aparentava. Assim que escolhemos nosso lugar entre as pedras, ela estava se despindo para os banhistas e cambaleando descalça para a parte rasa que soltava vapores. Minha irmã já havia encontrado seu lugar entre as outras mulheres quando cheguei à água que imediatamente borbulhou em volta dos meus pés.

As mulheres inclinadas e silenciosas me enervaram, e quando elas abriram os olhos para me observar, eu me abaixei envegonhada no calor da água e deitei de costas ao lado de Madeleine.

Foi um momento surreal, ficar em silêncio em uma espécie de irmandade com as mulheres, e me perguntei se estávamos reencenando uma cena semelhante à de dois mil anos e meio antes. Enquanto deitava no bálsamo sulfuroso, observei as pedras que estavam aos pés do penhasco e procurei pelas suas origens em suas facetas, olhando cada vez mais para cima, até chegar ao topo imponente e ao céu impossivelmente azul. Fechei os olhos e senti o calor se infiltrando em meus membros, o enxofre em meu nariz e imaginei que estava lentamente me dissolvendo neste ensopado, minhas moléculas sendo retornadas ao todo.

Eu me sentia sem peso, sem fronteiras. Através dos meus olhos semi abertos, observei novamente o topo do penhasco e vi um movimento entre a vegetação dispersa. Uma pequena pedra se deslocou e escorregou para uma elevação abaixo. Quando olhei para cima novamente, uma cabra montesa estava olhando para o mar.

Madeleine continuou a meditar em seu banho, mas duas das outras mulheres começaram a murmurar baixinho uma para a outra em alemão. Fechei meus olhos novamente e absorvi o calor, a paz e o som delas, e pensei nas minhas férias de infância passadas nas praias de uma das penínsulas de Melbourne.

Pensei nas horas que passei nadando na baía durante os dias aparentemente intermináveis de verão da minha juventude e como, exausta de nadar, me jogava na areia e ouvia os sons da praia: as gaivotas lutando entre si pelas sobras do balde de pesca de alguém, outras crianças brincando área segura para nado e o tamborilar dos cascos de barcos de aluguel ancorados perto da costa. Lembrei-me dessa liberdade, da felicidade completa daquilo. Eu sentia isso aqui também, nas fontes termais de uma ilha estrangeira.

Durante o resto daquele dia, os nossos músculos ressussitaram e sentindo uma calma luxuosa, percorremos toda a extensão da ilha, admirando a sua história, maravilhados com as oliveiras que se assemelhavam às árvores de desenhos animados. Cultivadas em bosques centenas de anos atrás e agora crescendo sem parar, elas teriam testemunhado gerações de mudanças. Quando voltamos ao pôr do sol, decidimos experimentar nosso restaurante local. Alexander nos cumprimentou com o mesmo entusiasmo efusivo do dia anterior.

"Bom diaaaa, australianas!"

Madeleine ficou intrigada. "Alexander, como você sabe que somos australianas"?

Ele olhou para ela fingindo perplexidade.

"Seu sotaque! Deve ser sua aparência"! Disse ele, agitando os braços para cima e para baixo. Ele nos guiou até uma mesa ao ar livre.

"Nós realmente falamos assim?" Madeleine persistiu.

"Não esquentaaa", Alexander riu. "Quando eu estava em Melborrrne", ele confidenciou, "todo mundo", acrescentou ele, movendo os braços como moinhos de vento para mostrar seu ponto de vista, "falava do mesmo jeito".

"Você já foi para Melbourne?" Eu disse, o mundo parecia menor para mim o tempo todo.

"Claro! Minha tiaaa, tio, e todos os meus primos moram lá. Eu passo seis meses... Para geologia".

"Geologia"?

"Alexander não é só um garçom fabuloso", gabou-se. "Eu também quase sou um geólogo."

Guardei essa informação para depois, pensando na pequena pedra armazenada em meu quarto.

"Por que você veio até Kos?"

Eu e Madeleine dissemos a ele, em nossa versão quebrada de inglês, que tínhamos vindo aprender sobre Hipócrates.

"Ahhhh, grande homem", disse Alexander sonhadoramente, "mas, para mim, não tão bom quanto Asclépio ".

Eu sabia que Asclépio havia sido adorado por Hipócrates, que honrou o deus na primeira linha de seu Juramento, e que ele foi incluído na descrição do sonho de Hipócrates que eu havia lido no avião. Achei que também o conhecesse de outra fonte, mas não consegui lembrar de onde.

"Ele era o melhor curador", Alexander continuou, "muito, muito tempo. Mesmo antes da grande batalha de Tróia".

Uma família chegou e ele se desculpou ao sair para atendê-los deles.

"Interessante", disse Madeleine, espalhando homus em grossas fatias de pão.

"Sim". Ascléplio, decidi, teria minha atenção.

De volta à sala, enquanto Madeleine se apresentava aos "pés" da porta ao lado, retomei minha pesquisa, de um ângulo diferente. Os livros em minha posse faziam apenas referências fugazes a Asclépio e parecia haver alguma confusão se ele tinha sido um homem ou um deus. Suas origens, porém, eram na Tessália e havia um templo dedicado a ele lá, em Epidauro. E, em Kos, em um local conhecido como os Asclepeions. Embora Asclépio tivesse sido adorado em Kos, e que o próprio Hipócrates fosse um asclepíade - um suposto descendente - o médico mais jovem era o principal herói desta ilha. No dia seguinte, decidi, iria aos Asclepeion.

CAPÍTULO NOVE

"Preciso de uma terapia de compras", anunciou minha irmã na manhã seguinte. "Pelo que li, Bodrum é o melhor lugar para isso, e fica a apenas 30 minutos de balsa."

O céu da manhã prometia um dia de sol e contei a ela meus planos de visitar o Asclepeion. "Descanse," disse ela, "e não exagere".

Depois de deixar Madeleine no cais, fiz meu caminho pelas ruas da cidade de Kos, por Platani, uma vila turca com tavernas tradicionais, completas com toalhas de mesa xadrez azuis e brancas e pérgulas repletas de trepadeiras, até Asclepeion, a quatro quilômetros fora da cidade. Quando entrei no estacionamento, meu coração afundou ao ver dois grandes ônibus turísticos por lá. Comprei uma passagem e um mapa e segui o caminho sinalizado que se abria repentinamente para uma clareira na encosta.

Parada em sua parte inferior, observei as três construções do Asclepeion que apareciam à minha frente até o topo da colina. De onde eu estava, pude ver que cada nível estava cheio de ruínas dos templos. Alguns pilares ainda estavam de pé, mas a maioria estava no chão onde haviam caído séculos antes. Os visitantes dos ônibus percorriam os níveis por escadas centrais em filas estreitas ou em pequenos grupos reunidos em torno de um guia turístico. E, mesmo assim, havia uma sensação generalizada de quietude.

Na primeira construção, os romanos haviam deixado sua marca registrada: os restos de uma grande termas. Nos recuos de um muro de contenção, estátuas sem cabeça erguiam-se com autoridade. Em uma pequena gruta, uma avenca havia encontrado seu espaço sob o brilho da cabeça de um leão, onde uma fonte rica em minerais jorrava de sua boca. Subi os 20 degraus até a segunda construção. À minha esquerda estavam as colunatas – os restos do templo de Apolo – à minha direita, o altar de Asclépio. Consistia apenas em uma grande laje de mármore apoiada em grossas pedras retangulares. Parei diante do altar e passei minha mão sobre ele, imaginando o que havia sido oferecido ali mais de 2.500 anos atrás. Fechei os olhos por um momento e fui surpreendida com o cheiro pungente e desagradável de peixe.

Por duas horas, vaguei pelas construções, consultando meu guia de papel e e me juntando a grupos de turistas para obter algumas informações mais detalhadas com meu conhecimento basico de alemão e francês. De vez em quando, nuvens espessas e escuras causavam jogos de luz e sombra que acentuavam a sensação dramática do lugar.

No grande muro de contenção da terceira construção, sentei-me como uma criança, com as pernas penduradas na beirada, enquanto apreciava a vista espetacular da cidade de Kos, do mar e da costa da Ásia Menor. Lá fora, o mundo – incluindo minha irmã – sem dúvida, movia-se em um ritmo frenético, mas aquele lugar era um centro pacífico. Todos pareciam sentir aquilo, falando em voz baixa, ou apenas sentados sozinhos ou em silêncio com outras pessoas. Eu havia lido que no bosque de ciprestes que protegia os dois mundos o nascimento e a morte eram proibidos.

Sob meus pés pendentes estavam os restos do *abaton*: os quartos onde os enfermos repousavam. Era ali, em seus sonhos, que Asclépio aparecia e os aconselhava sobre uma cura. Fiquei maravilhada com essa fé tão simples, mas pensei, também, nas trágicas repercussões quando essa fé era mal intencionada. Eu havia deixado pedaços da minha vida para trás em Melbourne, mas Bonnie viajou comigo. Me perguntei onde e como eu me curaria.

Agora, me senti atraída para os quartos abaixo de mim e desci as escadas para me sentar sozinha entre as ruínas quase escondidas na grama. As nuvens escuras estavam em conluio e formavam um teto espesso e ameaçador. Passei o dedo nos entalhes e recessos onde me sentei nos restos de uma parede de pedra, imaginando uma mão ancestral moldando-a em homenagem ao deus. Este local foi construído após a morte de Hipócrates, mas eram Asclépio e Apollo que eram adorados aqui.

Aos meus pés, pequenas flores silvestres cresciam: roxas com centros amarelos. Quanto mais eu olhava para elas, maiores elas pareciam, até que me senti atraída por elas. Uma abelha descansava delicadamente nos estames e fiquei hipnotizada pelo zumbido de suas asas. Eu não percebi que estava adormecendo, apenas do peso da minha cabeça, um peso nos meus membros e uma sensação de estupor cobrindo meus pensamentos dispersos como pelos.

Lembro-me de imagens embaçadas: maçãs, azeitonas e trigo imperfeitos colocados com amor em uma mesa de mármore à minha frente. Peixes que agora pareciam agradáveis, inteiros e orgânicos, e conchas que foram transformadas em colares. Eu vi os enfermos em suas camas esperando com confiança por sua cura. Senti seu medo, seu padecimento. Aproximei-me de uma delas e toquei seu útero estéril, seguindo meu caminho até seu coração perturbado. Em seu sono, ela chorou. Furei a pele e língua com urtiga para limpar o sangue negro de outro. E então eu me vi deitada, sonhando com uma cura para minha alma perturbada. Os céus trovoaram e uma lança de luz abriu caminho através do céu para me encontrar.

Devo ter gritado. Quando abri os olhos, um casal estava me observando com cautela. Eu fingi indiferença, me levantei e me espreguicei. Embora o céu estivesse escurecendo, houve apenas um estrondo muito distante de trovão, mas não perdi tempo em voltar para a segurança do pequeno carro.

"Você está horrível".

"Obrigada," eu disse, sabendo muito bem que Madeleine estava certa. "Como foi seu dia?"

Um brilho intensificado nos olhos da minha irmã soou como um sinal de alerta em mim.

"Então, quem é ele?" Eu disse, sem pegá-la de surpresa.

"Você não vai acreditar", disse ela, sem se perturbar, seu rosto se abrindo em um grande e lindo sorriso. Ela riu da minha sobrancelha confusa. "Não, realmente não vai".

"Tenta", eu disse, agora intrigada.

"Lembra daquele Adônis que vimos conversando com as meninas bonitas do Norte no restaurante em Kos?"

"Ele não!" Quase gritei. Madeleine estava errada. Eu acreditei nela e era isso que me preocupava.

"Ah, ele mesmo," seu sorriso era presunçoso, "Carlo Augustus Giorni".

"Ele te contou o nome do meio!" Eu o imaginei enrolando as letras no ouvido muito receptivo da minha irmã.

"Ele é um sonho". O brilho de Madeleine estava se transformando em uma névoa.

Muitas vezes tive vontade de sacudir minha irmã, e esta foi uma delas. Já estava imaginando o cenário de coração partido quando esse amante latino seguisse em frente ou, mais tipicamente, quando Madeleine se entediasse.

"Ele é um piloto de corrida," disse ela, com naturalidade, interrompendo meus pensamentos.

"Ah, pelo amor de Deus!"

"Famoso na Europa." Ela estava me provocando agora.

Nós rimos.

"E ele vem aqui para jantar amanhã à noite!"

Juntas, viramos e avaliamos o apartamento como se o víssemos pela primeira vez.

Madeleine contou sobre seu dia. Ela conheceu o famoso Carlo no saguão da balsa. Enquanto ela tomava um gole de café com calma, olhando inocentemente para fora da janela, o motorista de carro de corrida de ótimos reflexos e records tropeçou em sua direção enquanto a balsa passava por uma onda traiçoeira. O resto posso imaginar. Apesar de uma lesão no pé, sofrida durante um Grand Prix recente – revirei os olhos – Carlo Augustus Giorni acompanhou minha irmã em seu dia de compras. Lenços, joias e duas camisas de verão que explodiam em cores estavam espalhados sobre a cama.

"Eu comprei isso para você", disse ela, estendendo o braço, o punho fechado para esconder o conteúdo. "Na verdade, Carlo viu primeiro, mas o vendedor da loja insistiu que eu comprasse e, essa é a parte esquisita, desse para minha irmã. Um palpite de sorte, eu diria".

Na palma da minha mão, ela colocou um lindo, mas

minúsculo recipiente - um frasco de acabamento primoroso. Era feito de alabastro com um delicado invólucro de filigrana de ouro e estava lacrado por uma tampa que se estreitava em uma ponta.

"Dana, você está bem?"

A voz da minha irmã me tirou de um caleidoscópio de imagens que eu não conseguia entender.

"É a mirra", eu disse, "linda, mas um pouco potente para mim à principio".

Madeleine parecia confusa. Ela pegou o frasco de mim e cheirou ao redor do selo. Quando ela olhou para mim, seus olhos estavam cheios de preocupação.

"Dee, está vazio".

CAPÍTULO DEZ

No meu sonho, as imagens do dia me visitaram distorcidas. Mais uma vez, as paredes membranosas me cercaram, embora a luz que passasse fosse de um matiz diferente e mais suave e a parede encontrasse o chão em um arco côncavo. Entre as vidraças, reconheci uma cujo canto eu já havia começado a descascar, embora agora parecesse ter sido colocada mais alta na parede e eu tivesse que ficar na ponta dos pés para alcançá-la. Era rígida, quase quebradiça em minha mão e, quando pressionei as vidraças inferiores, elas também ficaram duras e inflexíveis.

Confusa, fiquei parada no centro da sala, banhada pelas cores do pôr do sol irreal, imaginando onde já havia visto um efeito semelhante antes. Me lembrei de uma grande janela de alabastro na Cidade do Vaticano. Dando uma volta completa em minha prisão, percebi, com medo crescente, que estava dentro do frasco. Uma sombra contornou o lado de fora e se aproximou o suficiente para que eu visse a sombra de pernas apoiadas na parede.

Desesperada para ficar livre, corri para frente, mas parei,

rígida de medo quando uma mão de dedos longos alcançou o canto descascado da vidraça. Ela se dobrou em um convite urgente para eu segurá-la. Escalei o interior côncavo em direção a ele, meus olhos fixos naquela mão e no anel azul e dourado no terceiro dedo longo. Quando me estiquei para frente, uma voz atrás de mim gritou um aviso. Atordoada, deslizei para o chão e me virei.

Parada no meio do aposento, seu rosto parado em uma chamada urgente, estava Julian. No brilho das vidraças de alabastro, ele era como uma aparição, e eu forcei meus olhos para determinar um corpo físico. Seu rosto, cheio de temor, chamava-me silenciosamente para si, embora seus olhos se desviassem dos meus para a parede atrás de mim. Lembrando-me da mão, virei-me para vê-la deslizar em rendição pela abertura, e a silhueta de seu dono se evaporar na luz. Quando me virei para Julian, ele também havia partido.

Meu desejo de ver Julian me consumia aos poucos. Quando ele partiu para Londres apenas algumas semanas antes da morte de Bonnie, tentei bloqueá-lo de meus pensamentos trabalhando em um ritmo frenético. Eu não queria um relacionamento à distância. Eu disse isso a ele. Eu não desistiria de tudo pelo que trabalhei para partir com ele, eu disse. Na verdade, eu esperava que ele ficasse, desistisse de sua própria oportunidade como chefe de uma unidade de neurociência em um hospital progressista de Londres.

Desde Bonnie, ele havia passado a ligar de Londres duas vezes por semana para se certificar de que eu estava bem e se ofereceu para voltar por algumas semanas para me apoiar. Eu recusei. Sua última ligação me deixou desanimada quando percebi o quanto sentia falta de seu calor e de conselhos práticos, como o timbre medido de sua voz parecia ressoar dentro de mim. Ele falou animadamente de sua vida em Londres e eu duvidava que houvesse mais espaço para mim.

Decidi que escreveria para dizer a ele que estava em Kos. Ele ficaria magoado por eu não ter ligado para ele e por não ter respondido a nenhuma de suas mensagens. Tentei evitar o desgaste emocional de falar com ele. Quando ouvia as pessoas falarem da necessidade de distância no fim dos relacionamentos eu ficava irritada com a linguagem pseudo-psicológica, mas Julian e eu precisávamos seguir em frente.

Fiquei grata pela distração quando Madeleine e eu fomos fazer compras para o jantar em um mercado animado com sons de negociações e com produtos coloridos. Nossa prioridade era a salada de Kos com alface, tomate, queijo feta, azeitonas, pão e molhos frescos, croquetes de peixe, carnes frias e queijo saganaki.

"Espero que ele não seja vegano", disse Madeleine.

Duvido, disse eu, e guardei para mim mesmo o pensamento de que Carlo parecia um carnívoro.

Minha irmã parecia estar bastante calma com a perspectiva daquela noite, enquanto eu me sentia desconcertada. Suspeitei que fosse porque eu estava pessimista, um traço de personalidade do qual estava ficando cada vez mais consciente. Nos aspectos em que eu pensava que minha vida, comparada com a de Madeleine, era organizada e razóavel, agora, com sua presença constante, e nesta ilha tão longe de casa, eu me via como controladora

. Eu poderia culpar os meses anteriores, mas suspeitava que já era assim há algum tempo.

Julian havia percebido? No dia em que partiu para Londres, ele disse: "Se abra, Dana, para a possibilidade de nós"

As palavras doeram e eu as repetia com frequência. Eu pensei que estivesse aberta a possibilidades. Eu havia provado meu valor em uma profissão predominantemente dominada por homens. Eu havia pensado que estar aberta para o futuro de nosso relacionamento até ele assumir um cargo no exterior. Tínhamos terminado, mas apenas porque eu não queria que ele se sentisse preso a mim e não havia possibilidade de nós morarmos juntos por alguns anos ainda. Eu rolei os pensamentos ao redor, ainda sentindo um pouco de indignação, mas o tempo estava acalmando isso agora.

Conforme a hora da chegada do nosso convidado se aproximava, a atitude indiferente que minha irmã tinha posado durante o dia estava se despedaçando. Por duas vezes ela quase havia cortado o dedo em vez dos tomates, e eu tive que salvar a alface de ser rasgada em pedaços trágicos. Ofereci-me para fritar o queijo saganaki quando chegasse a hora, ciente de que qualquer coisa que envolvesse calor, óleo e fritura estaria além da capacidade da minha irmã.

Perversamente, quanto mais empolgada a Madeleine ficava, mais eu relaxava. Uma estranha harmonia parecia estar em ação. No momento em que a batida na porta veio, ela estava extremamente tensa. Eu teria parecido abatida e tensa, com os olhos de panda, como minha mãe diria, mas a descarga de adrenalina aumentou a beleza da minha irmã. Com o rosto corado e os olhos acesos, Madeleine brilhou e eu me tornei agudamente ciente de que meu papel no encontro desta noite era a de vela solteirona.

Já que o efeito da batida tenha sido o de enraizar os pés de

Madeleine no chão, ofereci-me para abrir a porta, exagerando na postura das minhas costas, caso eu tivesse de repente desenvolvido uma corcunda de viúva. Embora eu não estivesse ansiosa para conhecê-lo, quando abri a porta, minha respiração ficou presa na garganta. Carlo Augustus Giorni era... Lindo, e quando ele mostrou seus dentes perfeitos em um sorriso de lado, tive que repreender meu coração por sua pequena palpitação. Este era um homem, decidi, em quem nunca se deve confiar. O pensamento fez com que eu me voltasse rapidamente para a minha irmã em advertência, mas agora ela estava se movendo de uma maneira quase etérea para a porta. Madeleine foi seduzida, encantada e ia direto para o desastre. Eu me afastei.

"Ciao, signorine... Ciao, Madeleina". Beijos na bochecha foram trocados entre eles. Presentes apareceram por trás das costas de Carlo. Enquanto ele mostrava rosas amarelas para minha irmã, meus olhos foram atraídos para sua mão – dedos longos e finos e, no terceiro, o anel azul e dourado do meu sonho.

“Dana.”

A voz de Madeleine quebrou meu devaneio quando ela nos apresentou.

"Ciao, Dana... bella... Como sua irmã". Eu vi seus lábios se movendo, mas eu estava submersa em meus pensamentos, olhando seu rosto, as mãos, o anel.

"Dana!" Desta vez, um pouco mais nítido de Madeleine, que me lançou um olhar interrogativo e não muito amoroso.

Eu estendi minha mão, lembrando que também o fizera em meu sonho. Desta vez, eles se encontraram, sem Julian para me alertar. Eu gostaria de poder me virar e ver seu rosto.

Conduzindo nosso convidado pela cozinha – a abelhuda não tinha visto necessidade de cadeiras – nós três nos sentamos, desajeitadamente, física e mentalmente, nas camas de solteiro. Eu me perguntei se este era o convite mais rápido que nosso motorista "atrevido" já tinha recebido para ir ao quarto. Aumentando minha paranoia sobre estar sobrando, Madeleine e Carlo sentaram-se em sua cama à minha frente, nossos pés se encontrando em um lamentável arrastar no pequeno espaço entre nós. Levantei e fui para a varanda, voltando fazendo barulhos e sem elegância com a mesinha de fora que coloquei com muito gosto naquele espaço estranho entre nós.

Apesar disso, talvez apesar de mim, o jantar foi tranquilo e agradável. Carlo comia com paixão e apreciação. Ele provou ser um convidado interessado e charmoso. Madeleine comia pouco, seu apetite saciado por algum combustível interno. O que me surpreendeu foi o afeto aparentemente genuíno entre eles. Era esse o disfarce do italiano? Eu segurei minhas suspeitas. Carlo Augustus Giorni era realmente um piloto de carros de corrida e havia vencido vários Grand Prix. Embora tivesse sido fácil enganar a nós duas, não havia nada de chamativo no relato de sua vida na pista e ele falava com a modéstia incontrolável de quem vence. Às vezes, ele parecia quase relutante em discutir sua profissão e eu me perguntei se era por causa de uma insatisfação mais profunda.

Durante um café e um baclava, conversamos sobre nossos diferentes motivos para vir a Kos. Para Carlo, foi simplesmente para descansar o pé machucado e, eu me perguntei, uma desilusão de vida que se tornava mais evidente à medida que a noite avançava. Na companhia da minha irmã, ele pareceu relaxar e seu lado hiperativo suavizou. Madeleine também parecia estar finalmente à vontade.

Ao longo da noite, comecei a invejar o que pensei que estava acontecendo entre eles: amizade e afeição genuínas que tinham o potencial para o amor. Eu invejei porque eu havia conhecido aquilo.

"Seu anel", eu disse casualmente, "é muito bonito e incomum".

Carlo abriu os dedos e olhou para ele.

"É antigo... meu avô me deu".

"Parece grego ou bizantino".

"A história se perdeu, mas, Dana, você está certa", disse ele, parecendo impressionado "Vovô era grego, da Tessália".

O olhar de Carlo mudou de seu anel para nosso humilde quarto.

"Ah... Madeleina... O frasco".

Minha mão se moveu protetoramente em direção ao minúsculo frasco na minha mesa de cabeceira.

"É lindo", eu disse, colocando-o sobre a mesa entre nós. "Madeleine me disse que você o encontrou em uma loja do mercado".

"Sim", ele disse, naquele jeito indiferente dos italianos.

Madeleine continuou. "Não foi estranho, Carlo, a maneira como aquele homem insistiu que eu o comprasse e desse à minha irmã"?

"Sim, Madeleina". Só então Carlo desviou o olhar do frasco e, notei, olhou para minha irmã com genuíno afeto. "Aquele idoso... Ainda se encantando por mulheres bonitas".

Ela corou. Olhei para ela com surpresa, percebendo que estava testemunhando a intimidade de seus relacionamentos. O *insight* foi humilhante porque esse era um lado dela que eu realmente não conhecia. Naquele momento, me senti ao mesmo tempo mais distante e mais perto dela e me perguntei como ela me veria na mesma situação.

Saí de sua companhia inebriante e levei os pratos para a cozinha para refletir sobre as coincidências do dia. Com a perspectiva dada por duas taças de vinho, concluí que o anel de Carlo devia estar visível para mim naquela primeira vez no restaurante. Que a sala de alabastro do meu sonho foi estimulada pelo frasco, e que minha prisão, a mão e a presença de Julian, foram formadas a partir de alguma necessidade psicológica profunda que eu ainda não conseguia rotular.

Interrompendo as intimidades hesitantes na sala ao lado, peguei meu sachê que continha a pedra, me agasalhei para a noite fria de Kos e me dirigi ao geólogo residente na taverna local.

CAPÍTULO ONZE

Alguns clientes estavam sentados diante de seus cafés e vinhos. Alexander, na parte de trás do restaurante, olhou para cima e acenou quando me viu. Graciosamente, ele manobrou seu corpo esguio entre as mesas. Um verdadeiro profissional, pensei.

"Australiana!" O termo era cativante vindo de seu rosto radiante. "Você come tarde esta noite?"

"Só um café, Alexander, se estiver tudo bem, e... Um favor".

Ele parecia perplexo.

Eu ri. "Eu tenho uma pergunta".

"Ah... Eu pego café e você me pede favorrr".

Peguei meu sachê e coloquei a pedrinha em um guardanapo de papel. Quando Alexander voltou com meu café, ele o olhou com curiosidade. Ofereci a ele um assento à minha frente. Madeleine e eu havíamos contado a ele previamente um resumo de nossa odisseia para Kos, e eu preenchi alguns dos detalhes, começando com a pedra, embora eu apenas tenha resumido vagamente a circunstância em que ela havia chegado.

"Você sabe de que tipo de material ela é?" Eu disse, enquanto ele rolava a pedra entre os dedos.

Sua expressão era séria e concentrada e eu pude testemunhar um Alexander muito diferente do garçom falante e alegre que havia conhecido.

"Mármore", disse ele, confirmando meu próprio palpite. Ele se inclinou para frente ainda com a palma da mão. "Olha... isso..." Ele apontou para as marcas rosa. "É incomum".

"Tem algum jeito de eu descobrir de onde ela?" Eu me inclinei mais perto. Pelo canto do olho, pude ver um cliente olhando para nós com curiosidade.

Ele se inclinou para trás, passando a pedra entre os dedos quase amorosamente. "Talvez consiga... Vai levar algum tempo, australiana... Vou para Atenas amanhã. Posso leva-la?

Senti uma onda de proteção por meu pequeno talismã.

"Ok", eu disse, me sentindo aliviada por finalmente descobrir algo. "Muito obrigada".

Em mais uma hora passada café, em que Alexander ficou limpando as mesas e se despedindo dos outros clientes, eu pude saber mais sobre nosso garçom local e favorito – seus sonhos de lecionar na Universidade de Atenas e de se casar com sua namorada de infância que estava estudando lá também.

"Alexander, por que você está aqui em Kos"?

Ele riu: "Para passar um tempo longe de tudo".

Eu assenti. Eu entendia.

Em casa, Madeleine estava sozinha, lavando pratos e parecendo ter o rei na barriga.

"Ele precisou ir", disse ela, enquanto eu pegava um pano de prato.

"Onde ele está hospedado?"

"Não tenho certeza", disse ela, parando as mãos na pia. "Não perguntei. Em algum lugar da cidade, de qualquer maneira".

Outra diferença entre nós, pensei.

"Quando você vai ver ele de novo?"

"Ele queria me ver amanhã, mas..." Ela disse, então fez uma pausa e se virou para mim, "Eu disse que queria passar o dia com minha irmã".

"Obrigada, Mads".

No dia seguinte, visitamos as lojas da cidade e almoçamos sem pressa, caminhando e conversando. Enviei minha carta básica e informativa para Julian. Enquanto subíamos os degraus para nosso apartamento, vimos algo em frente à nossa porta. Animada, Madeleine a pegou, mas seu rosto se transformou em decepção quando ela a entregou para mim. Instantaneamente reconheci a letra que ela não tinha, mas a expressão no meu rosto a fez olhar novamente.

"Ah Deus... Outra? Mas como??

Destranquei a porta e, uma vez lá dentro, nos sentamos lado a lado na cama enquanto eu abria o envelope. Com dedos trêmulos, desdobrei a carta que, notei, era do mesmo papel – pergaminho – embora a tinta fosse de um azul mais escuro do que antes. Desta vez, as palavras eram inquestionavelmente em latim.

Traduzi em voz alta: "O que você quer de mim, deveria ter procurado mais próximo de casa". As palavras soaram familiares. Na universidade, eu havia estudado um semestre de latim por interesse, junto com meus estudos de medicina. Em grande parte, as aulas consistiam na leitura das obras de Virgílio e Ovídio, e era deste último que agora me lembrava. Repeti as palavras, imaginando-as no final das Metamorfoses, de Ovídio, e tive a sensação de que podiam ser sobre Asclépio.

"Claro," eu disse em voz alta, assustando Madeleine. "Eu já sabia algo sobre Asclépio! Preciso de uma cópia desse livro."

A essa altura, Madeleine estava realmente perplexa. "Que livro?"

Eu expliquei.

"Agora isso está ficando um pouco estranho, Dee," disse ela, tentando disfarçar sua animação com uma cara de medo.

Enquanto esperávamos o retorno de Alexander, Madeleine e eu retomamos nosso passeio pela ilha e pelas livrarias à procura de Ovídio. Em uma caixa de "lixo" em um loja improvável no centro da cidade, encontrei uma cópia danificada. Apesar de seu estado decrépito, folhear as páginas revelou que sua alma ainda estava intacta. Enfiei-o bem fundo na minha bolsa para ler mais tarde.

Não houve notícias de Carlo. Embora Madeleine parecesse bastante feliz conversando, ela sonhava acordada com mais frequência do que o normal. Enquanto almoçávamos na cidade, eu o vi em um restaurante ao lado. Apesar dos óculos escuros, era evidente que ele estava cansado, o rosto pálido e tenso. Madeleine não o tinha visto, e eu esperava que nós, ou ele, pudéssemos escapar despercebidos.

Era tarde demais. Eu vi o pequeno estremecimento de seu corpo quando ela o avistou e sua testa franziu em uma mistura de aborrecimento e perplexidade, mas ela permaneceu fixa em sua cadeira, nada como seu jeito normalmente direto e aberto.

"*Ciao*, Madeleina". A voz de Carlo estava suave e cansada quando ele se aproximou de nós.

O sorriso da minha irmã estava apertado e eu me vi,

novamente como uma terceira parte relutante, quase sentindo pena do *playboy* italiano. Eu me levantei, dando uma desculpa de que tinha que encontrar um caixa eletrônico, mas nenhum dos dois pareceu notar. Quando me virei para olhar, Carlo estava se acomodando hesitante e se arrependidamente em minha cadeira.

Eu vaguei ao longo do cais, parando de vez em quando para observar a última chegada dos navios cruzeiros e seus designs de última geração. Mais longos, mais fortes, mais esguios e decorados com antenas parabólicas e piscinas de mergulho. Atrás de mim, ouvi passos de corrida e me afastei para permitir que o corredor passasse. Com um toque no meu ombro, me virei para encontrar Alexander, bufando e com o rosto vermelho.

"Australiana!"

Pensei em dizer-lhe meu nome, mas agora estava começando a gostar muito desse novo. Madeleine e eu já tínhamos decidido que ele tinha uma notável semelhança com o duque André de Iorque e agora, em sua camisa casual impecável, calças e sapatos *dockside*, ele parecia ainda mais como alguém da realeza de férias.

"A pedra," disse ele com entusiasmo enquanto sua respiração se estabilizava, "eu tenho resultado."

Foi a minha vez de respirar profundamente.

Ele riu da minha expressão, mas depois ficou sério.

"Mármore não de Kos, não de Turkei". Ele ergueu as sobrancelhas se desculpando.

"Suponho que não podemos descobrir de onde é"?

Alexander acenou com a cabeça, "Esta composição mineral em particular é mais comum no Oeste."

"Oeste?"

"É... Apenino".

"Os Apeninos," eu disse, consciente de que estava me

tornando o eco de Alexandre. Minha mente percorreu meu conhecimento limitado da geografia europeia. "Isso inclui a..."

"Itália." Alexander parecia estar seguindo meus pensamentos.

"Alguma ideia de onde?"

Ele sorriu. "Nenhuma ideia. Desculpe, australiana. Pedra é muito pequena." Ele a tirou do bolso e me entregou com muito respeito.

Meu coração afundou. A informação era intrigante, empolgante, mas havíamos chegado a um impasse. Procurar a origem da minha pequena pedra em vários países europeus era como achar uma agulha em dez mil palheiros. Alexander parecia desapontado por mim. Eu o abracei em agradecimento. Com os braços fixos ao lado do corpo, ele corou, mas notei seu sorriso torto.

"É um prazer para você, Australiana", ele gritou por cima do ombro ao sair.

"Obrigada", gritei atrás dele.

Voltei para o restaurante. Madeleine estava sentada sozinha, tomando o último gole de seu suco de laranja.

"Estou bem," disse ela.

No caminho para casa, compartilhamos nossas histórias. Carlo, ao que parecia, tivera de voar para Atenas para uma reunião urgente com seu empresário e outra com seu médico.

"Por que ele não disse a você que estava indo?"

"Ele disse que tinha esquecido."

Ela não parecia duvidar dele, outra diferença entre nós.

Eu disse a ela sobre meu encontro causal com Alexander.

"Essa é uma aventura e tanto." A opinião de Madeleine

sobre a situação iluminou a minha. Seguimos em frente. "Teve notícias de Julian?"

Ela perguntou timidamente, mas isso me chocou.

"A última vez que falei com ele foi antes de partirmos". Eu disse a ela que havia enviado uma carta a ele.

"Você nunca deveria ter deixado ele escapar, Dana."

Esta não foi a primeira vez que minha irmã havia me lembrado disso, mas eu não pude deixar de me perguntar se desta vez isso foi motivado por seu interesse em Carlo. Talvez achasse que eu estava atrapalhando. Meu instinto foi falar novamente de minhas razões para terminar com Julian, mas nada veio à mente. Tentei me distrair com a paisagem agora familiar do lado de fora do carro, mas, naquele momento, ela parecia monótona e sem cor.

O dentro e o fora de mim pareciam ter se fundido.

CAPÍTULO DOZE

Quando acordei na manhã seguinte, a forma do nome de alguém ainda estava em meus lábios. Por meses, eu não havia pensado na minha vida antes da morte de Bonnie, uma vida que agora parecia tão distante de mim. Em meu sonho, eu havia retornado aos confortos daquela vida, onde as coisas mais simples me faziam felizes: a rotina da manhã antes de ir ao trabalho, as saudações dos colegas e até a exaustão que muitas vezes sentia quando finalmente subia na cama após um longo dia. Estar ali deitada, indecisa sobre o dia, em uma cama estranha tão longe de casa, não era um luxo. Eu me permiti voltar a dormir e procurei o conforto de minhas rotinas perdidas.

"Dana!"

Madeleine, de banho tomado e vestida para o dia, sentou-se perto, uma caneca de chá apontada para mim como um incentivo para me levantar.

"O que faremos hoje?" Ela disse. Sua voz estava ensolarada, mas o dia que adiante, não.

"Vamos para casa, Mads."

A caneca na mão da minha irmã estremeceu, derramando gotas de chá na cama. Em movimentos lentos, ela o colocou na mesa de cabeceira. A mão dela, ainda quente da xícara, acariciou minha testa. Meu coração disparou com um grande desejo pelo conforto dos braços de minha mãe, mesmo que, na verdade, eu não tivesse sentido muitas vezes seu abraço.

"Você quer mesmo isso?" A pergunta de Madeleine poderia muito bem ter sido minha.

Eu olhei além dela para o céu nublado que era o mesmo que havia envolvido meus dias em Melbourne pelos últimos meses. Parecia que não havia como escapar da minha tristeza.

"Eu não sei."

No zumbido silencioso dos rituais de sempre, vagamos pelas galerias. Durante o almoço no cais, pensamos no que faríamos a seguir. Voltar para casa não resolveria nada para mim, mas eu estava me sentindo sufocada aqui, como se o mar impedisse a possibilidade de mudança. A notícia dada por Alexander de que a pedra não era de Kos trouxe uma sensação de finitude para a minha estadia na ilha e agora eu estava inquieta para seguir em frente.

Carlo não foi mencionado durante o dia, então fiquei surpresa quando Madeleine disse que ele a havia convidado para acompanhá-lo a Roma. Ela havia recusado e ele havia partido para resolver um assunto urgente, embora ele não tenha contado a ela o que era. A menção da minha cidade preferida me moveu o suficiente para considerar aquilo e, no final da tarde, com a Madeleine concordando plenamente, havíamos comprado passagens para Roma com partida no dia seguinte.

"Preciso fazer uma coisa," disse a ela enquanto íamos para casa fazer as malas. Dirigi o carro de volta para a cidade e fui, pela última vez, para Asclepeion. Madeleine esperou no carro enquanto eu pagava pelo ingresso e subia os degraus para o abaton.

Mais uma vez, sentei-me no muro de contenção e fechei os olhos para o sol que havia emergido por trás de uma nuvem cheia de chuva. Em minha mente, ouvi um canto suave, uma canção de ninar e me senti inclinando para braços de vapor que se desfaziam diante de mim. Meu torso continuou indo para frente até que envolvi meus joelhos em posição fetal. Abri meus olhos, de repente envergonhada por estar público, mas percebi que meu corpo estava sentado ereto.

Agora assustada, deixei o Asclepeion pela última vez.

Pela janela do carro, pude ver minha irmã se espreguiçando. Havia algo quase que felino em na movimentação elegante de seus longos membros. Muitos anos antes, quando praticávamos ioga juntas, compartilhavámos dessa mesma flexibilidade. Agora meus músculos eram fortes por causa dos exercícios de musculação, mas eram rígidos e sólidos.

"Como foi? ela disse enquanto eu relaxava no banco do motorista.

"Ok," eu menti, não querendo que ela se preocupasse mais com minha saúde emocional e, agora, mental. "Estava um pouco lotado".

"Que pena que você vai," Alexander parecia genuinamente triste com a nossa notícia, mas ele assentiu para mim em compreensão.

Embora estivesse impaciente para sair esta manhã, senti um

pouco de arrependimento agora enquanto olhava ao redor da pequena taverna que se tornara quase tão familiar quanto minha própria sala de jantar, e eu lamentaria deixar Alexander. Ele havia se tornado um bom amigo.

"Vejo vocês mais tarde, australianas," disse ele quando saíamos, seu sotaque exagerado mais suave agora do que em nosso primeiro encontro. Meu impulso foi de abraçá-lo, e Madeleine o fez. Alexander corou e se afastou rapidamente de nós como se outro cliente de repente o tivesse chamado.

Apesar da escuridão do dia, a noite estava bonita, nossa última em Kos. Embora o ar estivesse frio enquanto caminhávamos de volta para nosso apartamento, houve calor suficiente das rajadas ocasionais de sol durante o dia para aquecer o óleo dos eucaliptos ao lado da estrada. Seu cheiro veio como um lembrete de quão longe havíamos viajado.

CAPÍTULO TREZE

ROMA

Durante viagem para Roma, fiquei apreensiva e me senti como se estivesse perseguindo a mim mesma pelo mundo. Houve uma mudança sutil de gravidade em meu corpo quando o avião começou a descer.

Madeleine se mexeu na cadeira e abriu um olho. "Tudo bem?"

Tranquilizada, ela se aninhou novamente no conforto do seu suéter de que estava sendo usado como travesseiro. Nos últimos seis meses, a dinâmica do nosso relacionamento havia mudado e se fortalecido de uma forma que nunca teria acontecido se não tivéssemos feito essa jornada juntas. Havia valido apenas por isso.

A viagem de ônibus do aeroporto Fiumicino era como eu me lembrava da minha primeira viagem anos atrás. Me perguntei por que as pessoas amavam Roma, até que o ônibus virou na Piazza Venezia.

"Bella..." O suspiro de Madeleine refletiu meus próprios pensamentos, mas suspeitei que, por baixo, ela também estava encantada por outra coisa. Pelo que eu sabia, Carlo não sabia que ela estava vindo para Roma e me perguntei se ele ficaria agradavelmente surpreso.

Nós desfizemos as malas em nosso hotel e fizemos uma curta caminhada para explorar nosso novo bairro, tão diferente do que tínhamos acabado de sair. Em Kos, a sensação de espaço, cheiro e cor pareciam muito importantes, já aqui, a cidade poderia muito bem ser cinza. Roma era estupenda em sua confusão de empreendimentos humanos. Eu estava feliz por estar em uma cidade. Parecia mais fácil me perder.

Falamos pouco enquanto caminhávamos, mais uma vez maravilhadas com as praças cheias de fontes, estátuas, moradores e turistas. Era exatamente como eu me lembrava: lotado, barulhento e bonito e eu havia adorado.

Quando chegamos ao Fórum, me surpreendeu que uma cidade que se movia em um ritmo tão frenético se desse espaço para lembrar do passado. A primavera estava se derramando entre as ruínas. Flores silvestres cresciam em torno de colunas de mármore caídas e entre os túmulos de antigos Césares.

Madeleine e eu nos encostamos nos restos de uma nascente e bebemos água filtrada de garrafas plásticas. À frente ficava o Templo de Vespasiano e a Cúria e os guias turísticos caminhavam à frente de seus grupos, exaltando as virtudes da política romana e da arquitetura. A Basílica de São Pedro seria a próxima parada, eu supus, tendo feito uma dessas excursões quando vim aqui dias antes de conhecer Julian.

Naquela época, eu estava contente com minha vida de solteira, me estabelecendo na minha prática e com pouco tempo para socializar. Vir para a Europa sozinha havia sido uma grande aventura. Julian havia sido uma surpresa, como as coisas maravilhosas são quando você menos as necessita ou as espera. Eu não estava pronta para um relacionamento e, olhando para trás, percebi que havia resistido por muito tempo. Ele foi paciente. Ele sabia o que era precisar focar em se estabelecer em uma profissão, mas parecia mais capaz de abrir espaço para mim do que eu para ele.

Um casal passou vagando de braços dados. O homem se parecia com Julian, pensei com uma pontada de dor, mas eu estava vendo versões dele em muitos lugares. Ele não tinha como saber que haviamos deixado Kos, se já soubesse que estivemos lá.

Um pardal descansava em uma coluna caída, virando seu corpo e olhando para nós em busca de comida. Isso me lembrou dos pardais do lado de fora do café de Deb. Julian conseguia notar as diferenças entre eles. Enquanto eles bicavam torradas abandonadas nas mesas, ele apontava suas idiossincrasias. Eu adorava isso nele, o olhar que tinha para pequenos detalhes e sua amplitude de interesse e entusiasmo pela vida. Eram coisas que aprendi sobre ele ao longo do tempo. Ele era quieto e tinha um ar de serenidade, quase austeridade, que alguns achavam intimidante, como eu achei quando nos conhecemos em uma conferência médica.

Sobre sanduíches e bolinhos durante a pausa para o lanche da manhã, nos encontramos novamente. Trocamos alguns cumprimentos desajeitados e voltamos para nossos assentos separados no auditório. Na hora do almoço, fomos colocados um ao lado do outro. A conferência tinha sido desinteressante e eu estava mais cansada do que ficava depois de um longo turno. Talvez isso tenha me dado uma desenvoltura que eu normalmente não teria, mas me peguei falando com ele abertamente e com menos inibição do que duas horas antes.

Olhando para trás, provavelmente foi mais devido à sua atenção paciente. Não me lembro do que ele disse durante aquele almoço, mas quando ele me perguntou se eu gostaria de encontrá-lo para jantar na semana seguinte, não hesitei em aceitar.

Minha mente estava distraída quando atendi ao telefone

dias depois. Ele deve ter ouvido a confusão em minha voz e percebi seu constrangimento. Eu havia esquecido que a noite que tínhamos combinado de nos encontrar conflitava com um jantar importante, mas marcado em cima da hora, com um benfeitor do hospital, e eu não poderia faltar. Julian aceitou meu cancelamento de bom grado. Sugeri outra hora, mas ele estava ocupado nas duas semanas seguintes e deixamos o assunto em um estado de limbo.

Embora o trabalho me deixasse ocupada naquela época, me peguei pensando nele em momentos improváveis ou irrelevantes. Embora eu só o tivesse visto uma vez, eu o estava vendo nos homens ao meu redor. No final da segunda semana, ele tinha os olhos de um dos radiologistas do hospital, os cabelos louros do eletricista que instalou um exaustor na minha cozinha e as mãos do meu amigo David. Eu amava aquelas mãos - grandes, fortes, mas com uma leve curva para dentro do dedo mínimo em direção à palma que adicionava uma nota feminina à sua masculinidade.

No final da segunda semana, Julian ligou e eu me certifiquei de soar simpática. Conversamos confortavelmente sobre as semanas que se seguiam e, quando sugeri jantar na noite seguinte, ele aceitou rapidamente. Eu me vesti com cuidado para aquele encontro, demorando mais tempo com as pequenas arrumações. Embora ele tivesse se oferecido para me buscar, optei por encontrá-lo no restaurante para que ter a liberdade de sair quando quisesse.

Eu não queria fazer uma grande entrada e nem deixar que ele me analisasse enquanto eu entrava, então cheguei 15 minutos mais cedo. Ele já estava sentado à mesa perto da janela. Seu corpo estava de frente para mim, mas ele estava observando o tráfego que passava. Embora estivesse sentado bem ereto na cadeira, sua expressão facial era de confiança relaxada. Seu cabelo, não tão marcado pelo sol quanto o do meu eletricista, estava um pouco mais longo e ondulado do que eu me lembrava e, quando me aproximei, notei um pequeno cacho logo acima do colarinho branco rígido de sua camisa.

Ele se virou assim que cheguei à mesa. Ele não sorriu, não disse nada, mas naquele momento, eu senti que nos conhecíamos há muito tempo. Ele se levantou para me cumprimentar e segurou a cadeira para que eu me sentasse. Estranhamente, senti uma onda de energia nervosa e tive que enfiar as mãos no colo, caso o tremor me denunciasse.

Ele não se encaixava inteiramente no perfil que eu construí. Em alguns casos, eu havia dado a ele características mais atraentes e havia perdido totalmente outras. As mãos, curvadas em torno da haste da taça de vinho, eu havia registrado fielmente. Enquanto conversávamos com facilidade ao telefone, nossas tentativas eram mais afetadas pessoalmente.

Nossas respectivas carreiras forneceram alguns meios de reconexão, mas eu esperava que encontrássemos outro terreno em comum. Éramos pessoas muito diferentes – ou assim pareceu naquele primeiro jantar, mas em vez de ser um problema, as diferenças eram estimulantes. Depois daquele jantar, me peguei revivendo algumas de nossas conversas e pensando em certas coisas que ele disse.

Seu comentário sobre a cor dos meus olhos foi meramente uma observação ou algo mais? Quando nossas mãos se roçaram acidentalmente, ele sentiu o pequeno choque elétrico também?

Pensei nas coisas que havia dito e me perguntei, em retrospecto, se eu era muito teimosa, muito animada com meu trabalho. Eu me repreendi por esses pensamentos, pensando que estava me colocando em um papel submisso, mas Julian havia ouvido atentamente, com aquele sorriso desarmado que era caloroso ao invés de condescendente. Ele ligou dois dias depois e aquela parte irritantemente frágil de mim ficou aliviada. Mas eram as memórias mais recentes que me causavam a maior tristeza. Pequenas intimidades, como assistir a filmes tarde da noite e compartilhar uma tigela de batatas fritas. Decidir como passar os raros domingos que tinhamos juntos. Meu coração começou a apertar enquanto eu refletia.

Madeleine estava encostada no muro de contenção atrás de mim, um devaneio suavizando seu olhar. Ela estava pensando em Carlo? Algum dia eu teria essa sensação novamente? Não era o medo de nunca mais ser intima de alguém que me incomodava, mas mais a perda de Julian. Eu tinha passado a contar com a sua presença e, admitia, achei que ele era uma certeza. Quando lhe ofereceram o cargo em Londres, pensei que ele não aceitaria, mesmo sendo uma oportunidade que ele nunca teria na Austrália.

"Casa comigo," ele havia dito.

Sempre havia pensado que um dia iríamos nos casar, mas, enquanto olhava para uma sobremesa que estava caindo aos pedaços, de repente senti medo.

"Você não precisa it para Londres," ele havia respondido à minha pausa.

Sua proposta foi sincera, mas eu temia que nosso relacionamento não sobrevivesse à distância entre nós e não queria que ele se sentisse preso a mim. Minha hesitação deu a ele a resposta. Ele não pareceu surpreso, mas mexeu seu *macchiato* mecanicamente, uma pequena ruga entre as sobrancelhas perturbando a tranquilidade comum em seu rosto. Nós nos separamos amigavelmente, embora ele estivesse machucado. Mais uma vez, suas palavras ao sair soaram em minha mente: " Se abra, Dana, para a possibilidade de nós".

Eu me virei para minha irmã, que agora estava me observando.

"Você vai se encontrar com Carlo?"

Ela hesitou antes de responder. "Não tenho certeza. Eu tenho o número do celular dele e o endereço do hotel," ela tirou um pedaço de papel, "mas...e se ele não quis dizer que... era pra eu vir aqui com ele"?

Foi difícil disfarçar minha apreensão, mas tentei, por ela. "Você poderia deixar uma mensagem na recepção do hotel," ofereci. "Assim..."

"Isso!" Ela sorriu. "Assim, a decisão é dele!" Madeleine se levantou e tomou um longo gole na água, como se fosse enfrentar um desafio físico. Fiz o mesmo, juntando forças para o que achei que poderia ser um dia muito difícil.

"Hotel Visconti", disse Madeleine, estendendo a nota escrita com na caligrafia surpreendentemente simples e elegante de Carlo.

Embora ela não tenha mencionado, notei que também dizia: "Venha, Madeleina."

Da grande bolsa de couro que "continha seu mundo", ela tirou o guia de viagens para a Itália. Folheando as páginas, ela procurou os hotéis em cada uma das seções de preços.

"Procure na seção de seis estrelas," sugeri.

Ela ergueu uma sobrancelha. Algumas olhadas rápidas ao redor do mapa, uma habilidade que minha irmã havia desenvolvido com rapidez impressionante, e ela foi capaz de localizar nossa posição em relação ao hotel de Carlo.

"Por aqui," disse ela, e começou a andar à minha frente como se estivesse sendo guiada por um fio.

O hotel era pequeno, mas caro, e dava de frente a uma praça. Portas de vidro automáticas se abriam para uma recepção elegante e moderna com piso de mármore preto de alto brilho. Atrás de uma longa mesa de carvalho na extremidade mais distante estava uma recepcionista igualmente elegante, cujo cabelo preso em um coque firme combinava com o brilho do chão. Seu uniforme de corte imaculado, também preto, ajustava-se ao corpo como se fosse feito sob medida para ela, e me dei conta de minha própria aparência desgrenhada. Esperei por um olhar de desdém quando nos aproximamos da mesa, mas Mimi, como seu distintivo anunciou, sorriu calorosamente.

"Prego?"

Madeleine cambaleou para frente.

"Eu estava me perguntando se Carlo Giorni está hospedado aqui", ela hesitou. "Eu só queria deixar este bilhete para ele".

'Augustus', senti-me inclinado a acrescentar, mas pude sentir a confiança de minha irmã se esvaindo enquanto sua voz desaparecia.

Mimi pegou o lamentável pedaço de papel da mão de Madeleine e olhou para ela e para mim. Ela sorriu, mas seus olhos se ergueram dos nossos para uma pequena onda de barulho atrás de nós.

"Sim, signorina," ela disse, retornando seu olhar. "O Signor Giorni está aqui agora".

De onde eu estava, pude ver o sangue escapar o rosto da minha irmã. Madeleine ficou presa ao chão, olhando para frente, enquanto eu me virava para o barulho crescente atrás de nós.

Era Carlo, acompanhado por outro homem e duas mulheres de beleza escultural. Sem olhar para as duas turistas paradas hesitante na recepção, uma com as costas rígidas para ele, a outra julgando-o como o garanhão que ela sabia que ele era, Carlo conduziu os outros para o elevador, o som de suas risadas diminuindo com o fechamento das portas.

O olhar de Mimi estava perto da pena. Madeleine se virou rapidamente e quase colidimos.

"Vamos," disse ela com os lábios semicerrados.

Ela saiu na minha frente, mas seu constrangimento manteve o ritmo. Na próxima esquina, ela parou.

"Você viu ele?" Ela perguntou, "Será que ele me viu?"

"Ele não viu você... Ou a mim," eu a acalmei.

Sua respiração desacelerou. "Com quem ele estava?"

Eu disse a ela o que tinha visto.

"Ele estava com alguma das mulheres?"

Provavelmente as duas, pensei, mas disse a ela que não tinha certeza.

"Desgraçado". Madeleine pendurou sua "bolsa que continha a vida" no ombro. "Graças a Deus, ele não me viu".

Não a lembrei de que havia deixado o bilhete.

CAPÍTULO CATORZE

Caminhamos pelas ruas de Roma, parando de vez em quando para admirarmos outra estátua, outra fonte. Madeleine não mencionou o incidente novamente. Em vez disso, ela parecia mais focada no dia, mais resolvida sobre alguma coisa. Senti um pouco de culpa por ter sugerido que ela deixasse o bilhete e me perguntei se Mimi pensaria em jogá-lo fora. Se Carlo fosse de fato o piloto internacional que afirmava ser, Mimi estaria muito acostumada com as mulheres deixando seus cartões de visita.

Andamos pelas ruas até a noite, ambas relutantes em voltar para o nosso quarto de hotel e perder a vida de Roma. Comendo prosciutto e pizza de ovo em uma pequena pizzaria, vimos o agitado mundo romano passar. Ainda naquela manhã, estávamos terminando nosso momento em Kos. Lembrei-me de que, quando o avião inclinou para subir, olhei para baixo e vi três lados do Asclepeion protegido do mundo com bosques de ciprestes. Imaginei ter visto Asclépio e Hipócrates ali, e imaginei que eles virassem o rosto para o céu, Asclépio levantando seu cajado e Hipócrates com a testa franzida em concentração.

Embora, há dois dias, eu quisesse ir para casa, agora estava contente em passar o tempo que quisesse em Roma. Madeleine estava em constante admiração. Quando entramos no Vaticano, ela ficou perplexa com sua riqueza. Apesar de minha irmã viajar para locais exóticos, ela nunca deixava de se surpreender. Era um prazer experimentar Roma através de seus olhos.

"Signorine," o recepcionista do hotel nos chamou antes de desaparecermos no elevador no final da tarde," deixaram isso para você", disse ele, segurando um pequeno envelope cinza-prata entre os dedos para nós.

"Obrigada." Eu peguei dele, sentindo um pequeno nó de antecipação. "É para você," eu disse, entregando-o a Madeleine e tentei não mostrar minha decepção, embora não tivesse certeza do que estava esperando. Ela não o abriu, mas o enfiou no bolso da frente da bolsa e gesticulou para que subíssemos as escadas em vez do elevador. Ela largou a bolsa na cama como se fosse um peso insuportável e foi ao banheiro para tomar banho. A metade do envelope cinza-prata deslizou do bolso para a colcha, e vi o suficiente para saber que era de Carlo.

"Mads," chamei pela porta do banheiro parcialmente aberta, "vou dar um passeio.".

"O que?" Ela fechou o chuveiro e o suporte para toalha em forma de argola bateu contra a parede de ladrilhos.

Ela me olhou através do vapor ao redor da porta. "Você acabou de voltar de uma caminhada."

"Vou comprar um pouco de água," disse eu, indo para a porta.

"Tem um pouco na geladeira". Eu a ouvi chamar enquanto a porta fechava.

Andei sem rumo por cerca de 10 minutos e me senti muito sozinha. Comprei a água de que não precisávamos e segui o caminho, quase que instintivamente, em direção ao Panteão. Lembrei-me de como fiquei animada na primeira vez que o vi – as aulas de história da escola na aula da Sra. Roberts de repente haviam ganhado vida e eu senti aquela emoção novamente.

Entrei pelo pórtico com os escritos de Agripa. Meus olhos levaram um momento para se acostumar com a luz fraca lá dentro, mas eu só consegui distiguir três outras pessoas, duas conversando baixinho em uma capela recuada e uma mulher parada no centro. Embora fossem quase seis horas, havia luz suficiente entrando através da grande abertura central para iluminá-la e ela estava olhando para a abertura – o óculo – com uma expressão fixa, quase de desejo. Enquanto eu avançava, ela se virou para mim.

"Dana," ela sussurrou, e pareceu que meu nome bateu nas paredes com uma força centrífuga. Minha respiração ficou presa na garganta e recuei em direção à entrada, percebendo que os outros turistas ainda estavam conversando. Virei-me para correr para a agitação reconfortante da rua. Pernas trêmulas encontraram o caminho para um banco de pedra longe o suficiente para poder observar a mulher quando ela partisse.

Esperei meia hora com os olhos grudados na porta, mas vi apenas os dois turistas saindo. Dois guardas uniformizados chegaram e entraram. Depois de alguns minutos, eles saíram e trancaram a porta pesada.

"Onde você esteva?" Madeleine ergueu os olhos da cama, o rosto cheio de repreensão e preocupação.

"Apenas caminhando... A noite está linda," eu disse,

oferecendo a ela uma garrafa de água como prova. Atrás dela, uma pequena nota em branco forte estava fora de seu envelope, ambos descartados na cama.

"Sinto muito por não termos nos encontrado... Por favor, me ligue..." Madeleine citou partes do bilhete e disse com a mandíbula rígida: "Queria não ter deixado nosso endereço lá. Ainda bem que não deixei meu número de celular".

A parte boa sobre uma nota escrita, decidi, era que dava mais tempo para Madeleine considerar sua resposta. Julian tinha meu número de telefone e eu o dele, mas estava trancado no cofre do meu celular.

Eu ia contar a Madeleine sobre a mulher no Panteão, mas agora, em um quarto de hotel de superfície difícil, com minha irmã pensando em um relacionamento real, eu não sabia o que pensava daquilo.

"Suponho que você não queira sair de novo?" Madeleine juntou a nota e o envelope e os enfiou na bolsa. "Estou morrendo de fome".

"O que você vai fazer a respeito de Carlo"?

"Nada. Então..." Ela disse, mudando rapidamente de assunto, "por que você saiu mais cedo"?

O nível de barulho aumentou em uma mesa perto da janela, onde duas mulheres e três homens estavam rindo de algo que um deles havia dito. Madeleine estava esperando minha resposta. Quando eu disse a ela que achava que estava "restringindo-a", ela riu. "De que jeito?" Ela disse, e então mais seriamente: "Estou aqui com você de férias. Nunca fizemos isso juntas e... É ótimo". Havia aquele olhar perigosamente molhado em seus olhos que me levou a continuar a conversa. Hesitante, contei a ela o que acontecera no Panteão.

"Tem certeza que ela disse seu nome?" Os olhos de Madeleine estavam arregalados de entusiasmo. "Talvez ela te conheça. Você sabe como dá para encontrar pessoas nos lugares mais improváveis..." Ela fez uma pausa e me estudou por um momento. "Dee, odeio perguntar isso, mas ela era real, não era"?

Era uma pergunta que não ousava fazer a mim mesma. Não gostava do que isso implicava e não sabia o que dizer. A preocupação de minha irmã era visível quando ela foi até o balcão para pedir café.

O grupo de cinco pessoas chamou minha atenção enquanto suas cadeiras raspavam no chão de laje. As duas mulheres, uma clara e a outra morena, estavam na casa dos trinta e vestiam ternos de negócios. Eles estavam em uma animada conversa de pé à mesa. Um dos homens estava no bar conversando com uma garçonete, os outros homens conversavam enquanto juntavam seus pertences. Embora houvesse muito ruído ao fundo, pensei que estivessem falando em inglês. Um deles se abaixou para pegar sua mochila do chão e quando se levantou de costas para mim, reconheci a postura ereta e os cabelos louros que desciam logo acima da gola de sua camisa.

Julian!

Assustada e tremendo, tentei chamar a atenção de Madeleine, mas ela estava testando seu italiano com um garçom divertido.

A mulher de cabelos escuros enlaçou o braço no dele e o beijou na bochecha. Seu rosto ainda estava virado para longe de mim e eu não conseguia determinar sua reação, ou o nível de intimidade contido naquele beijo. Madeleine estava voltando para a mesa no momento em que eles estavam saindo. Eles pararam do lado de fora da janela e pareciam estar discutindo para onde iriam em seguida. Julian, seu rosto ainda não claramente visível, beijou a mulher na bochecha e eles soltaram os braços. Ele virou à esquerda enquanto os outros quatro atravessaram a rua e seguiram para a direita.

"Você acha que viu Julian?" Madeleine olhou para mim com uma expressão de surpresa e descrença, mas antes que eu pudesse impedi-la, ela já havia saído à procura dele. Bebi um copo d'água e minha mão tremia quando o café chegou à mesa.

"Não o vi", disse ela, quando voltou, "e a rua está relativamente tranquila. Eu vi quatro pessoas do outro lado da estrada, mas ele não estava com elas".

"Ele pode ter virado para outra rua", eu disse, tristemente.

"Não", ela disse rapidamente, "a próxima rua está a uns bons 50 metros de distância. Acho que você se confundiu.".

Eu tinha certeza de que era Julian, mas não tinha mais energia para discutir. Bebi meu café.

"Por que você não liga para ele?" Madeleine disse: "então podemos ter certeza.".

E se ele estiver em Roma? Eu pensei. O que eu tinha a ver? Se ele não quisesse se encontrar, a conversa seria estranha. Se quisesse, não acho que eu poderia assumir o papel de "amiga".

Madeleine não insistiu. Ela mexeu o café em silêncio. Virei minha cabeça para a janela, sem conseguir aguentar a expressão em seu rosto.

Embora tivéssemos bebido uma garrafa de vinho, isso não me ajudou a dormir e passei a noite olhando para o teto.

CAPÍTULO QUINZE

Fiquei feliz por acordar quando o sol bateu forte através da fenda quebrada das venezianas de madeira. Madeleine ainda não tinha se mexido depois que eu sai do banho e estava pronta para o dia.

"Minha cabeça está me matando," ela gemeu, sua voz soando espessa sob os cobertores.

"Vai você... Eu só quero..." Sua voz sumiu e ela voltou a dormir.

Coloquei água e seu telefone na mesa de cabeceira e saí.

Lá fora, as ruas estavam frenéticas com trabalhadores e, ao pisar na calçada, imaginei como seria sair para trabalhar em um hospital romano. Observei os apartamentos algumas portas abaixo e, ao passar, duas mulheres vestidas para o trabalho passaram pelo portão e pararam para conversar. O portão foi deixado aberto, e eu pude ver o grande saguão com um piso de concreto polido, paredes de vidro e acabamentos de metal. Eu me imaginei voltando para lá depois de um dia no hospital, vivendo como uma romana e, por um breve momento, tive a ideia de me candidatar a um cargo – havia pouco para mim em Melbourne. Porém, o pensamento me encheu de medo. Havia outras possibilidades de trabalho abertas para mim, mas elas nunca seriam como aquilo que eu mais amava fazer, havia amado.

Em uma *piazza* isolada, tomei café da manhã com frutas e café e li um jornal, testando meu conhecimento básico em italiano. As notícias políticas dominavam a primeira página. O momento comum de uma estrela roubado pelo flash do paparazzi na página três. Abaixo de seu olhar assustado, um artigo menor e a foto de um homem ao lado de três belas mulheres nórdicas. O homem... Carlo Augustus Giorni. Pude entender o suficiente do artigo para saber que mencionava seu retorno, uma lesão e o balão sobre sua preparação para uma corrida. As garotas, ao que parecia, não mereciam uma menção. Carlo aparecia com mulheres como as mulheres apareciam com joias.

Pensei em minha irmã enfiada na cama com sua dor de cabeça e abri caminho entre os clientes que bebiam café no bar para pagar minha conta. Quando voltei para o hotel com paracetamol, Madeleine estava profundamente adormecida. Sua testa irradiava um calor normal e sua respiração era profunda e lenta.

Enquanto ela dormia, escrevi para nossos pais. Eles pertenciam à geração que ainda valorizava a carta escrita: algo para guardar com todas as outras lembranças da vida.

O que eu pensaria do conteúdo desta carta se a lesse em dez ou mesmo em vinte anos? Onde eu estaria na minha vida?

O futuro parecia um abismo enorme. Ao pensar que meus pais poderiam não estar vivos em vinte anos, escrevi com maior intensidade. A correspondência até então consistia em bilhetes feitos em cartões-postais e telefonemas ocasionais.

Minha mãe passaria a carta para meu pai e pediria que ele lesse minhas "notícias". Era estranho que ela fosse a guardiã das recordações e me perguntei se ela estava armazenando evidências de infâncias felizes e, portanto, de ser uma mãe bem-sucedida. Madeleine era mais gentil em suas reflexões sobre nossa infância, embora tivesse a perspectiva da criança mais nova. Nossa mãe havia ganhado mais experiência e um pouco mais de entusiasmo com seu papel na segunda vez.

Nossos pais eram uma junção estranha, opostos tanto no aspecto óbvio quanto no fundamental. Ainda assim, funcionou, ou pelo menos durou. À sua maneira, o relacionamento deles se tornou a referência para mim, mas Julian e eu, opostos no óbvio e tão semelhantes nos fundamentos, não pudemos sobreviver.

Madeleine continuou dormindo e não se mexeu quando me inclinei sobre ela para dizer que estava saindo. Escrevi um bilhete e o deixei na mesinha de cabeceira.

O correio foi fácil de encontrar e, depois de enviar minha carta para casa, me vi caminhando novamente na direção do Panteão. Lá dentro estava cheio de turistas, parando em diferentes pontos das paredes e cochichando uns com os outros. Esta manhã, apenas a luz fraca do sol se filtrava através do óculo e lançava um brilho fraco na parede oeste.

Procurei a mulher entre os turistas, embora duvidasse de que a encontraria ali. Reconstruir a cena em minha mente não deu mais peso à sua realidade e eu estava prestes a sair quando notei uma porta na parede leste que estava quase obscurecida por uma colunata. Quando a empurrei, ela se abriu suavemente e me vi em uma praça dominada pelo Obelisco do Elefante.

Os carros estavam estacionados em ângulos aleatórios ao

redor de uma grande igreja e a *piazza* estava cheia de pessoas curtindo o dia. Normalmente, em uma multidão, eu me sentiria anônima, mas tinha a sensação de que estava sendo observada. Do outro lado da praça, na escadaria da igreja, estava a mulher que eu vira no dia anterior. Quando ela percebeu que eu a tinha visto, ela entrou. Corri em direção aos degraus, ziguezagueando por carros estacionados e quase colidindo com um grupo de homens que estavam se separando depois de conversarem.

"Ahhh signorina... Bella!" Eu os ouvi rir.

Subi os sete degraus correndo e passei pelas portas abertas. O silêncio de dentro me atingiu como um soco suave e levei um momento para me ajustar à luz vermelha enquanto o sol da manhã entrava pelos vitrais de rubi. Da entrada, não pude ver a mulher e explorei os recuos e capelas laterais. A estranha não estava em lugar nenhum.

Ao passar pelo altar, parei para mergulhar a cabeça, um legado de minha educação católica. Já fazia muito tempo que eu não rezava em uma igreja e me sentei em um banco de madeira curvado e esbranquiçado por séculos de traseiros de fiés.

Quando eu era jovem, passava muito tempo na igreja da minha cidade. Eu era membro do coral, dos Filhos de Maria, e nunca perdia a missa dominical. Minha devoção e disciplina eram autoinfligidas. Meu pai, embora batizado na Igreja Católica, era ateu. Minha mãe entrava e saía de sua fé anglicana, conforme seus compromissos sociais. Ela ficava confusa com sua filha devota, e eu adorava. O fato de que minha mãe protestante não iria para o céu era um conforto estranho para mim e adotei, pelo menos em questões de fé, um ar de beata.

Quando tinha idade suficiente, Madeleine foi comigo à igreja. Talvez tenha sido o meu rigor que a afastou, mas

Madeleine nunca se sentiu confortável com o catolicismo. Durante anos, ela seguiu religiões orientais, mas acabou desistindo para se dedicar a seus jardins. Levei mais tempo para sair, mas não tinha percebido que minha vida espiritual estava diminuindo. Quando sua forma física esmoreceu, não senti necessidade de substituí-la. Eu usava minha fé como um manto e simplesmente a substituí pelo meu trabalho.

Sentada no silêncio da igreja, ansiava pela fé simples que havia perdido. Eu nunca mais sentiria uma fé inquestionável, mas queria aquele sentimento de conexão com algo maior do que minhas próprias experiências. Eu tive isso no meu trabalho, especialmente quando trazia uma nova vida ao mundo.

Quando voltei para o hotel, Madeleine havia tomado banho e estava usando um vestido floral feminino. Embora seus olhos formassem sombras contra seu rosto pálido, ela estava linda.

"Carlo ligou," disse ela, e embora seu tom sugerisse, "e ele está perdendo tempo." havia um brilho em seus olhos escuros. "Ele quer que eu o encontre para almoçar".

Lembrei-me do artigo do jornal, mas era tarde demais para mencioná-lo.

"Onde você vai encontrá-lo?"

"Na verdade", ela começou, a cor subindo em suas bochechas, "ele está enviando um carro para me buscar. Tem problema? Você vai ficar bem?"

A necessidade de passar segurança de Madeleine não passou despercebida e me senti culpada.

"Claro," eu disse. "Têm muita coisa para ver."

Madeleine olhou para mim séria, "Talvez eu deva cancelar... Quero olhar a cidade com você."

"Bem," eu disse, tirando um fiapo de seu vestido, "para ser

sincera, eu não me importaria de passar o dia apenas com meus próprios pensamentos."

Seu rosto se iluminou e ela se inspecionou no espelho. O telefone tocou na mesinha de cabeceira. "O carro chegou," disse ela, colocando o fechando o telefone como se fosse feito de porcelana fina. Ela pegou sua bolsa e caminhamos até a porta juntas.

"Tenha um ótimo dia." Eu me senti como se estivesse mandando minha filha para um primeiro encontro. O problema era que eu não podia proibi-la de ver Carlo, embora eu realmente desejasse que pudesse.

Depois que ela saiu, olhei ao redor da pequena sala, mas não havia nada para me manter lá. Se eu estivesse em casa, em Melbourne, teria lido – revistas médicas, geralmente. Já fazia muito tempo que eu não lia um romance até o fim, muitas vezes adormecendo no meio de uma frase.

Nos meus raros dias de folga, eu tentava colocar ordem no crescimento desordenado de meu pequeno jardim. Na maioria das vezes, as plantas ficavam em vazos, embora eu já morasse na minha casa geminada há cinco anos. Às vezes, Madeleine vinha resgatá-las. Ela tinha ideias maravilhosas para o meu quintal e, depois que Julian foi embora, havia me surpreendido ao criar um pequeno oásis retangular, completo com mesa, cadeiras e vasos de ervas para tempero. Pelo menos elas são úteis, ela disse com um sorriso. Foi um presente maravilhoso. Eu não esperava sentar entre aquelas plantas com muita frequência e temia que elas revelassem minha negligência em pouco tempo. Após a morte de Bonnie, elas se tornaram como amigos íntimos e meus olhos se tornaram sintonizados com suas necessidades e problemas em sua saúde.

Sentei-me na cama e estudei os folhetos turísticos que havíamos coletado. Ainda havia muitos lugares para explorar na cidade, então tracei uma rota, peguei água na geladeira do bar e saí novamente para a rua.

CAPÍTULO DEZESSEIS

O sol brilhava no céu e seu calor era uma lembrança do verão iminente, o verão que eu estava perseguindo. Abandonando a rota planejada, fui em direção ao rio. No caminho, me vi entrando na Via Frattina, onde pensei ter visto Julian na noite anterior.

Os cafés já estavam lotados e me lembraram do alvoroço matinal nas ruas da cidade de Melbourne. Ocasionalmente, antes de uma consulta no meio da manhã com um paciente, eu tomava o café da manhã em uma mesa ao lado da janela e observava os passageiros saindo do mundo subterrâneo da Flinders Street Station pela saída aberta para a Degraves Street. Histórias flutuavam nesse fluxo: de amor e tristeza, de alegria e depressão. Depois de Bonnie, continuei a ir lá por um tempo, desejando ficar presa nesse turbilhão.

Na Via Frattina, senti como se estivesse pisando em ovos e como se me observasse de fora. Eu não sabia o que achava que encontraria, mas estava convencida de que era Julian quem eu tinha visto na noite anterior. A mesa para cinco na janela do café fora separada em duas menores. Dois homens em uma mesa estavam em uma conversa profunda, mas pararam para me lançar olhares apreciativos enquanto eu olhava para dentro.

Eu caminhei com uma indiferença rígida na direção que Julian havia tomado. Sem ruas laterais por cinquenta metros, Madeleine havia dito, mas apenas vinte ou mais metros adiante, um acesso estreito que ela não deve ter visto abria para a rua adiante. Virei nela.

Grandes latas de lixo alinhavam-se na rua, que era larga o suficiente apenas para um único caminhão. Várias pessoas passaram pelo atalho para a Via della Vite. Parei no final do caminho, sem ter ideia de que caminho Julian poderia ter seguido, e virei à direita para pegar uma rota para o rio Tibre.

Passei por um número espantoso de hotéis e, quando cheguei ao rio, desisti de encontrá-lo. Caminhei ao longo das margens do rio como havia feito muitas vezes ao longo do Rio Yarra em casa. As diferenças entre as duas cidades deveriam ser aparentes, mas, da minha perspectiva, tudo parecia o mesmo: sentia a vida de outras pessoas às minhas costas.

Ao longo do caminho de paralelepípedos, as pessoas caminhavam ou pedalavam juntas. À minha direita, a Loba havia sido desenhada nas paredes de alta inundação, sua cabeça abaixada para ser acariciada. Ela olhava para a rua benevolência, apesar do grafite de uma genitália masculina que havia sido pintado com spray embaixo de suas mamas.

Conversas flutuavam ao meu redor como uma névoa até que ouvi uma voz familiar que perfurou o ar. Senti meu coração e minha mente pararem para absorvê-la. Virei-me rapidamente para aqueles que vinham atrás de mim, mas a voz já estava ficando distante e turva. Adiante, um casal estava em uma conversa profunda. O homem falava com a cabeça baixa, como se discutisse algo de grande importância. A mulher ao seu lado ouvia com concentração total e intensa, a cabeça ligeiramente inclinada para ele. Ela era a mulher loira que estava na mesa de

Julian na noite anterior e agora, enquanto eu caminhava atrás deles, a largura das costas do homem e a inclinação de seu ombro esquerdo me convenceram de que era realmente Julian.

Eles estavam longe o suficiente de mim para que eu pudesse segui-los sem ser vista. Várias vezes, perdi-os de vista e ouvi o estalo de línguas ao passar por um casal que caminhava para chegar até eles. Na Ponte Fabricio, eles viraram e cruzaram para a Ilha Tiberina e os perdi por um breve momento, pois se misturaram com os pedestres que cruzavam a ponte em ambas as direções.

Uma vez na ilha, a maioria virou à direita, mas Julian e a mulher desceram os degraus em direção ao rio do outro lado. Eu os segui por becos e degraus estreitos e duas vezes eles pararam e se encararam para discutir algum assunto. Eu congelei onde estava. Enquanto o seguia, o máximo que vi do rosto de Julian foi seu perfil, como na noite anterior. À distância, ele parecia mais magro e perturbado. A mulher ocasionalmente estendia a mão para tocar seu braço, embora, além disso, eles não parecessem compartilhar qualquer intimidade mais profunda.

Eu os segui descendo os degraus para os níveis mais baixos da ilha que ficavam dez metros acima do turbilhão cinza do rio Tibre. Quando eles viraram à direita, um grupo de turistas me alcançou e formou uma barreira entre nós. Quando eles se dispersaram, eu os perdi completamente de vista.

Abatida, voltei aos degraus, perturbada com o que eu estava me tornando. Em termos simples, eu estava perseguindo Julian. No meio da escada, parei, me perguntando o que fazer a seguir. Meus olhos vagaram ao longo da planície aluvial que sustentava a basílica acima. Gravados nas camadas desgastadas estavam o contorno de um navio e, abaixo dele, uma cobra esculpida estendia seu comprimento. Asclépio, lembrei-me, na história de Ovídio, havia salvado esta cidade da peste. Um grande desejo tomou conta de mim e, de costas para a face da rocha, sentei-me em um degrau encolhido no muro.

A frieza infiltrou-se na base da minha espinha e me mexi, verificando se os degraus estavam úmidos. Aquilo começou a subir pelas minhas costas e pela minha espinha como o lento rastejar do mercúrio em um termômetro antiquado. Levantei os braços e flexionei as costas, culpando os colchões estrangeiros e os longos voos, mas aquilo continuou e, quando chegou à base do meu crânio, comecei a entrar em pânico, me perguntando se havia contraído uma infecção meníngea. No momento em que fechei os olhos, houve uma explosão silenciosa de luz que foi maravilhosa e assustadora. Senti, naquele momento, que meu corpo não possuía limites e não possuía matéria. Quando abri meus olhos, nada havia mudado. A sensação me deixou, mas senti uma estranha leveza, como se algo físico ou mental tivesse sido derramado.

Levantei-me e continuei subindo os degraus para a esplanada. Algumas pessoas estavam passeando ao longo do travertino, mas não vi Julian entre elas. Na extremidade oeste da ilha estava uma construção de arenito de dois andares cercada por grandes ciprestes. Ao longo do caminho que levava a ele, uma placa dizia: Hospital Fatebenefratelli.

A entrada do hospital ficava na lateral do prédio. As portas automáticas se abriram quando me aproximei. Embora eu não tivesse pensado em entrar, fiquei intrigada e desliguei meu telefone antes de ir. A área da recepção era acolhedora com a iluminação suave de lâmpadas nas paredes em vez de fluorescentes, embora a suavidade da luz não pudesse disfarçar as rachaduras no gesso das paredes e as pequenas lascas no piso de mármore.

Não havia ninguém na recepção e li o que pude entender dos boletins afixados no quadro de avisos de feltro azul à minha direita. Em uma seção, havia fotos do que parecia ser uma festa de despedida. Um homem idoso aparecia em muitas das fotos, sempre sentado no centro de um grupo diferente de pessoas. Em um deles, um grupo de cerca de dez estava reunido em torno dele sorrindo para a câmera. Eu examinei os rostos e um chamou minha atenção. Ela estava de pé à sua direita e curvada para frente, com as mãos apoiadas em seus ombros. Havia algo no modo como sua cabeça estava inclinada, os cachos soltos e claros que roçavam seu rosto e a intensidade de seu olhar para a câmera. Eu tinha certeza de que ela era a mulher do Panteão.

Eu me virei em estado de choque, sentindo o olhar dela persistente nas minhas costas o tempo todo. Do outro lado da sala, os nomes dos médicos e suas especialidades estavam listados em ordem alfabética. O hospital abrigava uma série de especialistas em urologia, neurologia e obstetrícia, uma quantidade estranha em um local igualmente estranho nesta ilha. Entre os doze ou mais nomes, notei que havia apenas duas mulheres.

Uma voz atrás de mim me fez saltar. Uma mulher de meia-idade de aparência severa estava colocando sua bolsa atrás da mesa da recepção e se moveu, com o quadril rígido, em minha direção. Afastei-me do quadro e abri caminho até a fotografia do outro lado. Ela me seguiu. Apontei para a mulher da fotografia.

"Estou procurando..." Levantei os olhos como se tentasse me lembrar de um nome. "Dottoressa,,,?"

Os olhos astutos da mulher me observaram.

"Dottoressa Lorenzo", ela me disse, depois perguntou lentamente em um inglês com forte sotaque: "E seu nome?" Ela gesticulou de volta para a mesa onde, parecia, nossa conversa deveria ser retomada.

"Dana ... Doutora Dana Cavanagh."

Enquanto seus dedos artríticos escreviam meu nome – embora eu tenha notado que ela não pediu para que eu soletrasse – ponderei sobre o da mulher na fotografia. Eu o conhecia e havia lido um artigo dela em algum momento nos meses antes da morte de Bonnie.

"A dottoressa não está aqui." Ela ergueu os olhos com um sorriso forçado. "Ela estará em Londres por três semanas."

Sentindo como se tivesse sido dispensada, saí da recepção e voltei para o caminho do travertino. Dottoressa Lorenzo era a obstetra do hospital.

Quando voltei ao hotel, havia um recado telefônico me esperando na recepção. "Carlo nos convidou para jantar. O carro vai te buscar às sete. Com amor, M. Obs: Ligue o seu telefone!"

A última coisa que eu queria era sentar-me perto de Carlo Giorgini para jantar, mas não havia como contestar esse bilhete. Faltando uma hora, tomei banho, me vesti e me sentei com minha xícara de chá perto da janela, vendo o mundo romano passar. Eu poderia estar em uma cidade europeia movimentada, mas me sentia a pessoa mais solitária do mundo.

Eu olhei para a cama de Madeleine. Seus pedaços estavam espalhados pela sala: uma escova de cabelo que havia agarrado longas mechas de seu cabelo, uma bolsa de maquiagem fina e um pacote de balas com papel enrolado onde ela o havia rasgado. Parecia que ela também havia me deixado.

CAPÍTULO DEZESSETE

O carro chegou na hora certa. O motorista, um homem corpulento de rosto contente, abriu a porta com um floreio. Embora o Peugeot fosse um modelo mais antigo, o estofamento de couro no interior ainda mantinha sua coloração rica e flexível e o painel altamente polido refletia um cuidado amoroso.

Gaetano, como meu motorista se apresentou, dirigiu além do centro da cidade, passando por subúrbios de concreto antigo e apartamentos novos, supermercados e postos de gasolina até que o recinto histórico parecia ter sido apenas um sonho.

Vinte minutos depois, escalamos as colinas do sul, tão ricamente verdes que contrastavam com o cinza dos subúrbios. Passamos por vilas em grandes propriedades frequentemente cercadas por suas próprias pequenas florestas – algumas ostentosas, outras elegantes e imponentes. Saímos da estrada e paramos diante de enormes portões de ferro forjado que se abriram lentamente conforme nos aproximávamos. No final de uma longa estrada de betume ladeada de castanheiros, uma vila de três andares em estuque rosa escuro estava afastada da estrada.

Quando o carro fez uma curva graciosa em frente aos degraus que levavam à casa, minha irmã apareceu nas portas duplas de carvalho. Quando me viu na parte de trás do carro, ela acenou animadamente. Senti, de repente, que havia sido transportada para um tempo futuro, em que Madeleine me cumprimentava em sua casa. Imaginei crianças correndo para se juntar a ela na varanda para cumprimentar sua tia estrangeira. Em vez disso, Carlo apareceu atrás dela. Ele pousou uma das mãos em seu ombro e, com a outra, varreu o ar em um gesto que pretendia ser um aceno, mas havia algo de desconcertante em sua postura, sua posse de Madeleine. O gesto elegante era de advertência? Eu acenei de volta.

"Dee," Madeleine sussurrou com ânimo enquanto avançava e abria a porta, "este lugar não é inacreditável?"

"Buongiorno, Dana." A voz suave de Carlo escoou entre sua boca e meu ouvido.

Nunca fui boa em esconder meus sentimentos, mas tentei, pelo bem da minha irmã. "Carlo," respondi, estendendo a mão em saudação e os longos dedos que haviam me no sonho se agarraram aos meus.

Quando subi os degraus para varanda, engasguei de prazer. Atrás da *villa* havia uma vasta escuridão e, a meio caminho do horizonte, uma linha de luzes definia a margem do lago Albano.

A entrada da *villa* era ampla. Mármore, vidro e ferro forjado produziam uma aparência de opulência contida, tão diferente do efeito das imitações de *villas* que eu tinha visto em alguns subúrbios de Melbourne. Uma escada ocupava o centro e se estendia até o chão da entrada. Portas duplas se abriam para grandes salas – uma sala de estar à esquerda e uma sala de jantar à direita. Madeleine, caminhando à minha frente, se virou para ver minha reação. Ela estava radiante. A cor havia retornado ao seu rosto e as sombras sob seus olhos clarearam. Ela parou em frente a um grande vaso de flores que combinava perfeitamente com seu vestido. Eu sorri apreciando genuinamente toda a beleza a minha frente.

Enquanto Carlo nos conduzia para a sala de jantar, percebi que ele ainda não conseguia fazer força com o pé direito. Os saltos finos de Madeleine faziam uma batida suave e feminina no chão de mármore enquanto ela caminhava, enquanto a borracha mais pesada dos meus saltos práticos não fazia nenhum som. Uma longa mesa de jantar que seria capaz de acomodar confortavelmente vinte pessoas era a peça central da sala, embora parecesse muito maior refletida em um espelho enorme na parede oposta. Eu me perguntei o que isso sugeria sobre Carlo e o número de pessoas que ele chamava de amigos. Esta mesa, notei, não estava posta para nós, em vez disso, no final da sala, uma menor em frente a portas francesas estava posta para quatro. Um candelabro no centro emitia uma luz suave que dançava no cristal dos copos e se refratava em raios coloridos nos talheres. O efeito era encantador e me perguntei se Carlo teria a capacidade de controlar os elementos.

"Dana." Carlo falou. "Estamos muito contentes por você ter vindo".

Estamos? Eu lancei um olhar para Madeleine. Ela sorriu concordando, mas seus olhos dispararam de Carlo para mim e vice-versa.

"Sua casa é linda." Forcei um sorriso indiferente aos meus próprios lábios.

"Dee," Madeleine perguntou, sua voz suave, "o que você fez esta tarde?"

Quando contei os acontecimentos do dia em uma versão simplificada – um passeio ao longo do Tibre, uma visita ao hospital – quase pude acreditar que o dia havia se desenrolado de forma tão benigna. O resto – Julian, a mulher da fotografia –

parecia fantasioso demais sob essa luz suave e consistência. Meu relato ficou mais enfadonho por uma súbita onda de cansaço que se apoderou de mim e fiquei grata por ser interrompida pela chegada de uma elegante mulher mais velha. Carlo pousou a mão com anel no braço da mulher enquanto ela colocava um prato coberto sobre a mesa.

"Mamãe... Sophia... Esta é Dana, irmã de Madeleina".

A mãe de Carlo parecia confusa e ele repetiu em italiano.

"Ah... Sim..." Signora Giorni se moveu em minha direção. Levantei-me cambaleando da cadeira para cumprimentá-la e estendi minha mão. A dela estava fria, mas havia calor nos profundos olhos castanhos que pareciam ser um portal para a dor e a alegria da vida.

"Dana," ela repetiu meu nome, sua voz gentil me acalmando de volta ao meu assento. Suas mãos se moveram para o meu braço quando ela se virou para Carlo. Sua voz era suave, mas triste enquanto falava com ele em sua língua. Ele acenou com a cabeça, parecendo quase sério, mas mudou o tom da conversa entre eles rapidamente.

"Sophia acha que você parece cansada, Dana," disse ele com um sorriso. "Mas ela é... Você sabe... Uma mãe. Ela me diz isso o tempo todo.".

"Você parece mesmo cansada, Dee. Você está bem?" Madeleine se inclinou em minha direção.

Quando me concentrei nos três rostos que me observavam, de repente me senti incapaz de falar, como se estivesse novamente presa na sala membranosa do meu sonho. Desta vez a mão e aqueles dedos penetraram na parede e me agarraram pelo ombro.

Então percebi estar sendo auxiliada por braços carinhosos, de ser conduzida escada acima até uma cama e a voz de Madeleine tentando me acalmar, embora eu também pudesse ouvir sua angústia. Apenas o rosto de Sophia me trouxe conforto. Seus olhos me penetraram como se fossem capazes de ver o que havia dentro de mim. Repetidamente, ela sussurrou meu nome e, de seus lábios, esse nome parecia ressoar como uma promessa. Eu me esforcei para ouvir.

Quando acordei, o quarto brilhava com o calor da luz dourada do abajur da mesinha de cabeceira. Eu estava em uma cama de solteiro e havia outra do outro lado do quarto. A "bolsa salva-vidas" de Madeleine florescia entre as folhas verdes e douradas da colcha. Embora minha cabeça ainda estivesse nebulosa, me sentia muito melhor. A luz da lamparina estava fraca demais para ler as horas no meu relógio, então caminhei, hesitante, pelo quarto até a janela. Lá fora, a mesma lua que lançara um raio frio e acusador em meu quarto de casa, iluminava, em monótono, alguns trechos da propriedade Giorni. O resto estava nas sombras.

Eu fui até a porta do quarto e ouvi os murmúrios baixos da conversa que acontecia abaixo. Minha mão, deslizando pelo corrimão, me guiou escada abaixo. À direita, uma das portas da sala de estar estava entreaberta. Lá dentro, Sophia estava sentada em um sofá de couro. Embora estivessem obscurecidos pela porta, pude ouvir Madeleine e Carlo conversando em frente a ela, e Sophia acenava com a cabeça enquanto Carlo traduzia. A sala brilhava com a luz de uma enorme lareira entre eles no fundo da sala. Era uma cena confortável de família. Estremeci de frio no vazio da entrada e voltei para cima.

CAPÍTULO DEZOITO

Na manhã seguinte, quando acordei e vi o corpo da minha irmã na outra cama, fiquei desorientada. Tínhamos dormido uma ao lado da outras por semanas e os quartos estavam começando a se fundir. Eu estava me sentindo melhor e agora os acontecimentos da noite anterior pareciam um sonho. Levantei-me, coloquei minha saia e o suéter que havia deixado em uma cadeira próxima e me arrastei pela porta. O som de panelas, talheres e o cheiro de pão recém-assado e carne salgada frita me encontraram na parte inferior da escada.

Na sala de jantar, a mesa maior estava posta para quatro em uma das extremidades. A mesa menor da noite anterior havia sido removida e eu fiquei no espaço criado tentando lembrar o que me levou ao colapso. As portas francesas se abriam para um jardim de ervas caótico e encantador protegido por outra parte da villa e eu pisei no pavimento de lajes.

Lá fora, o jardim do pátio brilhava cheio de orvalho embaixo do sol da manhã, e procurei entre as ervas as que reconhecia. Embora fosse muito cedo para que tivessem essência, imaginei que podia sentir seu cheiro. Em casa, passava as mãos na alfazema, no alecrim e no tomilho-limão e inalava profundamente aquela mistura inebriante. Neste pátio, encontrei alguns dos meus favoritos, mas havia muitos que eu não conhecia. Peguei uma das folhas e esfreguei entre os dedos.

"Para coração."

A voz me assustou e me virei rapidamente. Sophia estava saindo da cozinha. Enquanto vinha em minha direção, parou em um canteiro de jardim e pegou algumas folhas de uma planta que eu não pude ver. Ela se endireitou sem esforço e o sol da manhã, agora iluminando o muro do jardim, brilhou em seu rosto. Por um breve momento, ela se pareceu com a mulher do Panteão. Lembrei-me de como aquele rosto capturava a luz, assim como o de Sophia fazia agora. A semelhança desapareceu rapidamente e eu me repreendi pelo que parecia o início de uma obsessão.

"Venha, Dana." Ela se virou e gesticulou para que eu a seguisse até um banco do jardim. Obedientemente, juntei-me a ela e nos sentamos em um silêncio amigável.

"É lindo, Sophia," eu disse finalmente.

"Bello..." Sua afirmação se estendeu em um longo suspiro de satisfação. Mais uma vez, ficamos sentadas em silêncio. Quando me virei para falar com Sophia, a luz da manhã havia incendiado seu cabelo de forma que até o cinza prendia a luz. Quando ela se virou para mim, vi que seus olhos não eram do marrom profundo e impenetrável que eu havia pensado, mas sim da cor dos leitos rasos dos rios da Austrália, manchados de tanino por causa dos eucaliptos caídos no rio. Ela esperou que eu falasse, mas de repente, percebi que não tinha nada a dizer. Tudo o que era necessário estava naquele momento. Eu engoli contra a pequena sensação de asfixia na minha garganta. Sophia deu um tapinha na minha mão e virou o rosto para o jardim novamente.

Por vinte minutos ou mais, ficamos sentadas juntas.

Ocasionalmente, ela se levantava do banco e cuidava das necessidades de seu jardim: podava as folhas murchas, estalava a língua ao ver um talo quebrado. A certa altura, ela começou a falar rapidamente com uma voz de repreensão que me pegou de surpresa, mas a seus pés surgiu uma bela gata malhada que respondeu à sua reprimenda enrolando seu longo corpo em torno de seus tornozelos magros.

Quando ela desapareceu na cozinha com o gato seguindo languidamente atrás dela, eu vaguei pelos canteiros do jardim em busca de um padrão entre o caos. Certamente, as árvores de louro eram os pontos centrais, mas o crescimento era tão denso que era difícil determinar se obedeciam a um padrão. Os caminhos serpenteavam sem propósito óbvio, a não ser para surpreender quem passeasse com becos sem saída que tinham a atenção voltada para uma flor minúscula de desenho primoroso, para uma folha cabeluda que pedia para ser acariciada ou, em um deles, os fragmentos de uma urna de idade indeterminada. Pensei nas pseudo-relíquias que eram vendidas nas floriculturas de casa para trazer aquele "toque italiano autêntico" aos quintais de Melbourne.

O gato, deitado na porta da cozinha, olhou para Sophia com perplexidade quando ela passou por cima dele e veio em minha direção com uma xícara fumegante e um pires em uma das mãos.

"Camomila," disse ela, oferecendo-me.

O chá era cor de mel e perfumado e pequenas pétalas brancas balançavam em redemoinhos. Com a xícara em uma das mãos, me virei para um relógio de sol que estava quase tampado pelos caules de erva-doce. Sophia encolheu os ombros como se o tempo fosse irrelevante para ela, então, como se para fazer uma afirmação, bateu no meu braço e se abaixou até as plantas a seus pés. Nessa seção, o amarelecimento das folhas de salsa predominava. Ela puxou-os até limpar um trecho e então me chamou para olhar mais de perto. Pequenos brotos de salsa agora estavam expostos à luz.

Então, ela me deixou para tomar meu chá no sol da manhã. O gato, perdoando a estranha que havia desviado a atenção de si, deu um nó em volta dos meus tornozelos me prendendo àquele jardim. Madeleine me encontrou lá uma hora depois.

"Estou bem," disse antes que ela pudesse perguntar. "Cansada demais, eu acho".

"Carlo vai ligar para o médico," disse ela.

"Não!" As palavras escaparam dos meus lábios antes que eu pudesse pensar.

As pálpebras de Madeleine se fecharam lentamente, como se me calasse naquele momento.

"Mads." Peguei a mão dela. "Foi só um fluxo mestrual forte.".

Ela olhou para mim com leve surpresa, mas deu de ombros em aceitação.

"Ok," disse ela, levantando-se, "direi a Carlo para não ligar. O café da manhã está pronto na sala de jantar.".

"Estarei lá em um minuto".

Minha relutância em deixar a paz do jardim aumentou pelo rastro de aborrecimento que se arrastou atrás de minha irmã.

Quando entrei na sala de jantar, apenas Sophia ergueu os olhos para me cumprimentar. Ela deslizou seu pequeno corpo ao redor da mesa e veio até mim com seus longos e elegantes dedos estendidos. Ela praticamente abaixou em uma cadeira, colocou o guardanapo no meu colo e afagou meu cabelo. Havia tanto calor naquele toque. Pensei em minha mãe me colocando na cama quando eu era criança. Ela fazia um alvoroço desordenado ao dobrar o cobertor, o lençol dobrado para que os coelhos bordados ficassem de frente para qualquer um que entrasse na quarto. Quando satisfeita com o efeito, ela afagava meu cabelo e beijava minha bochecha como se eu fosse o ponto no "i" ou o traço no "t".

"Buongiorno, Dana". A voz de Carlo interrompeu o momento. "Você está se sentindo melhor?"

"Estou, obrigada".

Ele segurou meu olhar. Madeleine ficou em silêncio acima de seus cogumelos salteados.

"Dana, hoje" ele continuou, "eu tenho contrarrelógio. Pedi a Madeleina que viesse comigo. Ela gostaria que você se juntasse a nós.".

Carlo estava falando pela minha irmã? Eu podia sentir a raiva me devolvendo a cor que perdi na noite anterior. Como se estivesse lendo minha mente, ela ergueu os olhos. "Dee, você vem? Se você estiver bem.".

"Acho que não estou bem para isso, Mads", eu disse, com sinceridade. Minha pressão sanguínea começou a cair lentamente com o pensamento de motores barulhentos e egos inflados. "Acho que vou voltar para o hotel descansar.".

Ela olhou para Carlo com preocupação. "Eu vou com Dana. Ela não está bem.".

Sophia falou rapidamente com o filho.

"Minha mãe te convidou para ficar aqui hoje, Dana".

Eu vi a menor expressão de esperança no rosto da minha irmã. Meu dia foi decidido.

No quarto, Madeleine tentou mudar minha decisão. Ela se sentia culpada, disse, porque eu estava doente, porque estávamos de férias juntas e, embora não tenha dito isso, porque estava apaixonada.

Tentei assegurar-lhe que estava feliz por passar o dia na villa, mas ela não se convenceu e saiu com Carlo menos animada do que antes. Foi a minha vez de me sentir culpada e me perguntei sobre meus próprios motivos. Eu queria que minha irmã fosse feliz. Eu só não achei que seria possível com Carlo.

CAPÍTULO DEZENOVE

Depois que eles foram embora, decidi caminhar até o lago. O som doce de alguém cantarolando me encontrou na base da escada e parei para ouvir. Pensei em minha tia que cantava suas músicas favoritas enquanto me ensinava a cozinhar. Os sábados de inverno eram passados em sua cozinha, enquanto nossos pais e tio iam ao futebol. Preparávamos linguiça, feijão cozido e caçarola de abacaxi, *lamingtons* feitos de pão-de-ló velho embebido em chocolate derretido e coco, tudo servido em pratos de cristal em uma mesa de jantar forrada de renda. Depois do jantar, assistíamos ao replay do futebol e torrávamos bolinhos no forno a gás. Embora eu tivesse considerado essa vida como trivial, agora ela parecia simplesmente maravilhosa em sua simplicidade.

O zumbido me levou para a cozinha que eu tinha visto do jardim. Era uma sala enorme que combinava o melhor da madeira do campo e o moderno aço inoxidável. Em uma bancada central estava uma mulher grande sovando uma massa. Enquanto ela batia e virava a massa, um sopro de farinha a envolveu. Seu rosto vermelho formou um núcleo em uma nuvem de elétrons branca. Quando ela me viu na porta, me cumprimentou levantando as sobrancelhas e indicou, com os olhos, o banco do outro lado do bancada.

Discretamente, sentei-me e observei. Ao lado dela havia pequenos modeladores de ovos e eu tive uma vontade quase irresistível de pressioná-los bem fundo na massa. Como se estivesse lendo minha mente, ela fez uma pausa e gesticulou para os modeladores com os dedos cheios de farinha. Eu ri com surpresa e inclinei-me para fora da minha cadeira, pegando um e hesitando no caso de ter entendido mal.

A Núcleo esperou.

"*Scones*?" Fiquei perplexa.

Ela encolheu os ombros.

"Sim... sim..." Ela insistiu e acenou com a cabeça.

Lentamente, pressionei o modelador na massa e dei uma ligeira virada como minha tia me ensinou. Se eu tivesse fechado os olhos, estaria de volta na cozinha dela, o futebol no rádio, o coxão duro assando com cebola e cravo, a hortênsia batendo na janela exigindo ser podada e a mesa coberta de minúsculos e amanteigados bolas de farinha.

"Sim," a Núcleo disse, e acenou com a cabeça para eu continuar enquanto ela se virava para sua panela fumegante no fogão. Continuei, colocando os *scones* na bandeja untada ao lado da tigela, e enrolei os restos em uma bola para tirar mais um ou dois. Enquanto a Núcleo ainda estava de costas para mim, eu moldei as lascas restantes em duas folhas minúsculas e limpei suas bordas com uma faca. Com os cuidados da minha tia, coloquei-os em um dos scones deformados e enrolei uma flor minúscula para colocar no meio.

Quando ela voltou para a bancada, Núcleo riu ao ver minha pequena criação.

"Bella," disse ela, com total aprovação.

A bandeja foi levada ao forno e a bancada limpa. Eu

esperei, mas ela sorriu e continuou a limpar. Quando ela tirou o avental e ajeitou o cabelo, sua nuvem de elétrons desapareceu. Sem ele, ela era uma mulher de meia-idade com pressão alta.

Não deixe os *scones* por muito tempo, eu queria dizer a ela, sentindo uma repentina proteção e experiência ao cozinhar pratos ingleses. Haveria geleia? E creme? Ela prepararia um chá de verdade e se lembraria de levar o bule para a chaleira?

Procurei em volta pela chaleira, mas só havia uma torneira na parede.

Do meu banquinho, havia uma perspectiva diferente do jardim de ervas: era de um formato mais regular do que eu pensava. Na parede norte havia uma porta que eu não tinha notado antes, mas sua pintura descascada e madeira exposta eram uma camuflagem perfeita. A condição da porta era incongruente nesta *villa* imaculadamente mantida, mas parecia ser um reconhecimento da beleza exuberante e caótica do jardim. Sentei-me e observei, contente em permitir que o tempo passasse lentamente.

Por fim, a Núcleo removeu os *scones* do forno e os despejou em uma prateleira de resfriamento. Me desesperei por minha pequena criação floral, mas, com dedos endurecidos pelo calor, ela a colocou delicadamente em um prato. Rindo, ela a balançoo sob meus olhos para aprovação e levou embora. Mais tarde, presumi, comeria meu bolinho.

Abri a porta da cozinha para o jardim. Lá fora estava mais quente do que uma hora antes e, conforme o orvalho secava nas plantas, as ervas mais potentes exalavam um cheiro inebriante. Apenas a horta em frente à velha porta ainda estava na sombra. Olhei para trás para ver se a Núcleo me observava e quando não pude vê-la, pisei cuidadosamente na horta.

A maçaneta da porta havia há muito sumido. Eu empurrei a madeira quebradiça, mas ela havia inchado em uma posição teimosa. Aproximei-me e coloquei meu peso atrás do ombro. A porta deu um pequeno guincho assustado. Hesitei e examinei as janelas do andar de cima e a sala de jantar, para o caso de Sophia ter me visto, mas fui compelida a continuar. Empurrei com mais força e a porta deu um gemido distorcido de desaprovação, finalmente saindo batente.

Entrei. Uma laje se inclinava-se no solo macio em que eu descansava meu peso. As pedras saíam da porta em direção ao lago. Puxei a porta atrás de mim. À frente, o lago Alberto brilhava com a luz da manhã e tive que proteger os olhos. À minha esquerda havia um pomar onde os botões já estavam florescendo em seus cabos. A trilha para o lago se bifurcava com uma ponta continuando à frente, enquanto a outra levava a uma floresta à minha direita.

Fiz uma pausa, com a intenção de continuar para o lago quando algo chamou minha atenção na visão periférica direita. Um pássaro? Me virei para olhar, mas tinha sumido. Retomei minha caminhada, mas novamente vi um movimento como o bater de grandes asas. Virei-me rapidamente e vi uma mulher parada no caminho que levava à floresta, seu vestido balançando levemente com a brisa. Ela se virou na direção das árvores e eu corri ao longo do caminho para segui-la.

Hesitei ha orla da floresta e depois entrei. As árvores, bétulas e olmos, não eram tão densas quanto eu havia pensado, mas formavam uma sombra acima da minha cabeça que escurecia a luz da manhã. Segui um caminho quase invisível sob os detritos das folhas caídas. A mulher havia desaparecido, mas eu não me surpreendia mais com suas aparições irregulares.

A floresta afilou-se em bosques e a luz que se filtrou foi tingida com o verde-limão de novos cultivos. A pista havia se renovado em pavimentações de grandes pedras planas colocadas em ângulos irregulares. Passei de uma para a outra e percebi que estava evitando as os buracos como em um jogo da infância: Madeleine me empurrava por trás, frustrada por ter falhado com sempre e eu que eu sempre conseguia. Ainda assim, não havia sinal da mulher e eu tive que admitir que ela poderia nem existir. No momento, eu estava em paz e, embora estivesse ciente dos perigos de vagar pela floresta por conta própria, não tinha medo. Não me importei e senti conforto e força em minha apatia.

A floresta chiou. Parei para ouvir o canto dos pássaros desconhecidos e tive que mergulhar a cabeça quando um par de tordos voou passando por cima de mim em uma perseguição de acasalamento. Pensei em Carlo correndo agora ao redor do circuito sob o olhar de adoração da minha irmã. Um pequeno farfalhar na serapilheira atraiu-me para o meio das árvores. Um tordo apareceu entre as folhas em decomposição e levantou um verme corpulento com o bico. Quando me aproximei na ponta dos pés, ele engoliu o verme inteiro e correu alguns passos à frente, procurando por mais. Por vários metros, eu o segui até que ele desistisse e voasse para longe com uma vibração irritada.

Eu havia ido mais longe do que pensava. Quando virei completamente, vi que estava em uma pequena clareira com o solo dos restos de inverno: uma variedade de folhas fundidas em uma única massa de húmus. Onde o sol batia no chão, tufos finos de vapor subiam e o cheiro me lembrava da essência orgânica do nascimento.

Ajoelhando-me naquele tapete, levei um caroço de húmus ao nariz. Fechei meus olhos e absorvi seu perfume e me vi trazendo uma criança molhada ao mundo. Ouvi a inspiração que fez ao dar o mergulho da vida em minhas mãos e, em seguida, o cheiro de muco e sangue quando a placenta foi expelida para sua morte. Balancei minha cabeça para sacudir e dispersar os pensamentos que estavam se formando.

Quando coloquei o solo de volta no chão, algo brilhou

quando minha mão afastou as folhas. Uma bola de gude. Peguei-a e passei na palma da mão, lembrando-me dos jogos jogados no carpete enquanto o assado de domingo sibilava e babava no forno. Madeleine era a campeã de bolinha de gude. Ela tinha uma aptidão para identificar linhas retas que eu reconhecia no caos ordenado de seus jardins. Ela adorava ganhar esses jogos e eu ficava tensa quando, como vencedora, ela tinha o direito de reclamar qualquer uma das minhas bolas de gude. Havia apenas uma que eu segurava avidamente: um pequeno olho azul com glaucoma. Ela nunca pediu por essa. O que estava na minha mão era como um olho de gato marrom e me lembrei do mito da família de que, se você olhasse para ele, veria dentro de sua alma. Eu tinha muito medo de olhar quando era jovem, acreditando que minha alma pertencia a Deus. Eu não tinha essa preocupação agora e segurei o mármore contra a luz.

Fechei meus olhos e permiti que minha mente se esvaziasse. Imagens desconexas passaram – rostos que não reconhecia um após o outro, como se estivessem em uma procissão. E novamente, senti o cheiro de peixe, terra e frutas aquecidas pelo sol que me veio pela primeira vez no Asclepeion. Observei os idosos e os doentes serem guiados para as águas de uma fonte profunda e senti que estava na margem oposta, sob um grande carvalho, chamando-os para mim.

O frio do solo úmido invadiu meus joelhos. Abri meus olhos e vi que o sol havia se escondido atrás de nuvens que estavam se espessando e alertando o perigo. A pequena clareira estava silenciosa e parecia ter perdido sua inocência. Coloquei a bola de gude no bolso e encontrei o caminho de volta para a porta.

CAPÍTULO VINTE

Quando voltei para a *villa* pela porta da frente, Sophia estava descendo a escada. Ela me cumprimentou com os braços estendidos e me abraçou com grande ternura. Passou as costas da mão na lateral do meu rosto, sorrindo com satisfação.

"O ar", disse ela, circulando o espaço entre nós, "é bom".

Ela me conduziu da sala de jantar até a cozinha.

"Per favore," disse ela, sentando-me no banquinho onde eu tinha visto a performance de Núcleo.

De um pesado armário de carvalho, ela tirou um bule de prata tão polido que a luz ricocheteou em sua superfície e dançou em pequenos círculos prateados e verdes nas paredes e no chão. Ela mediu as folhas de chá de uma jarra de alabastro e encheu o bule pela metade, não com a torneira da pia, mas com uma chaleira de ferro fundido fumegante do fogão. Ela virou o bule três vezes para a direita e três vezes para a esquerda e foi para a sala de jantar. Mais uma vez, pensei em minha tia em sua cozinha e no ritual de fazer chá. Pensei, também, em meu próprio bule de prata manchado atrás de recipientes de plástico no armário da cozinha.

Sophia voltou com duas xícaras e pires requintados - porcelana fina e branca tão frágil quanto o crânio de um bebê. De uma assadeira coberta perto do fogão, ela tirou meu bolinho e o colocou na minha frente. Seus lábios sorriram quando ela o abaixou e então ela trouxe geleia e creme da geladeira. Ela voltou com o bule e o colocou ele, faca e um coador de porcelana na minha frente. Em todo esse tempo, Sophia não havia falado nada e comecei a sentir que estava participando de um rito religioso. Finalmente, ela se sentou à minha frente.

"Prego, Dana," disse ela, acenando com a cabeça em direção ao bule.

Eu servi devagar, minha mão quase tremendo com o peso da ocasião.

Durante aquele chá perfeito de Devonshire em uma *villa* romana, contei a Sophia sobre minha vida, sobre Julian, meu trabalho e o evento que mudou tudo. Falei sem parar, embora não saiba o quanto ela entendeu, mas ela balançou a cabeça e sorriu e quando eu chorei, ela apertou minha mão. Havíamos bebido todo o bule de chá no espaço de uma hora. Meu bolinho esperou pacientemente no prato e, quando terminei de falar, comi-o como se tivesse recebido energia. Sophia me trouxe outro.

Quando coloquei a mão no bolso em busca de um lenço de papel, a bolinha bateu em minha mão. Peguei e mostrei a ela, contando-lhe o mito da família. Ela a pegou de mim ea segurou contra a luz, mas encolheu os ombros. Ela devolveu e pegou minha xícara vazia. Sua borda estava salpicado com finas folhas de chá. Sophia a colocou de cabeça para baixo na bancada e a girou. Os óculos pendurados em seu pescoço por uma fina corrente de ouro foram trazidos aos seus olhos e ela estudou os resíduos, seu rosto alternando entre franzidos leves de concentração e de paz.

"Um lugar, Dana... Perto de seu..." Ela tocou o peito enquanto lutava com o inglês e olhou para mim por cima dos óculos. "Um lugar antigo... Água... E uma mulher que chama por você". E foi só isso. Sophia tirou os óculos e colocou a xícara na mesa. Ela me observou com expectativa paciente.

Eu não sabia o que dizer.

"Talvez minha mãe esteja sentindo minha falta", ofereci, mas, quando disse isso, pensei na mulher que agora entrava e saía da minha vida.

"Sim... sim", Sophia acenou com a cabeça em compreensão enquanto se levantava e levava as xícaras e pires para a pia. Ela se virou para mim, "Você quer um - como se diz? - banho de banheira"?

Eu balancei a cabeça, sentindo por um instante como se ela fosse minha mãe e eu tivesse acabado de voltar da escola primária.

Sophia me deixou no bancada. Eu podia ouvi-la falando em italiano rápido e quando ela voltou, fez um gesto para que eu a seguisse. No patamar do primeiro andar, uma jovem vestida no preto e branco de empregada doméstica carregava uma toalha branca dobrada e um roupão para o banheiro. Sophia deu-lhe algumas instruções curtas e a mulher acenou com a cabeça. Quando ela abriu a porta do banheiro, um vapor perfumado saiu. Ela colocou a toalha e o robe dentro e desceu a escada. Sophia fez um gesto com os dedos elegantes estendidos em direção ao banheiro.

"Para você, Dana... aproveite", disse ela, e continuou pelo corredor.

Entrei no calor da água e suspirei. A banheira era enorme e agradeci a Deus por essa obsessão romana. Eu deslizei para que a água ficasse logo abaixo do meu queixo e senti que meu corpo estava envolto em seu calor. À minha frente, uma janela panorâmica, surpreendentemente sem vigas, dava para o lago Alberto e a floresta onde eu havia caminhado apenas cerca de uma hora antes.

Pensei na visão da mulher, no mármore e nas imagens que me vieram na clareira, e na leitura das folhas de chá de Sophia. Coloquei minha cabeça para trás na água e senti o peso do meu cabelo. Pensei em minha mãe ajoelhada ao lado da banheira, pegando água em uma jarra de plástico e despejando sobre minha jovem cabeça. Eu adorava olhar para o rosto dela. Ela arredondava os lábios para cantar acompanhando o fluxo de água que explodia em minha cabeça e nas costas.

Fechei os olhos e ouvi o bater do meu próprio coração. Mais uma vez, vi uma procissão de pessoas e eles caminhavam no ritmo daquela batida. Desta vez, eles não estavam vindo em minha direção, mas eu era um deles, movendo-me em direção a uma mulher, minha mulher, e ela estava estendendo a mão através da fonte em minha direção.

Madeleine voltou sozinha. Eu estava sentada no salão perto da lareira, esquentando os dedos dos pés e folheando revistas que pareciam apresentar Carlo em 10 anos de estilos de cabelo variados. Sempre havia mulheres ao seu lado. Eu estava examinando uma dessas quando ela entrou. Fechei-a imediatamente.

"Você está bem?" Eu perguntei. Ela havia perdido o brilho.

"Sim,". Ela jogou a bolsa no chão e se jogou no sofá.

"Você parece relaxada, Dee. Onde está Sophia"?

"Lá em cima, eu acho. Onde está o Carlo?"

Ela encolheu os ombros.

"Mads"?

"Ele provavelmente ainda está andando em círculos".

Nós sorrimos. Naquele momento, Sophia entrou na sala. Madeleine deu um pulo.

"Madeleina"? Sophia moveu-se em sua direção, mas olhou por cima do ombro em direção às portas da frente, "Carlo?" Suas sobrancelhas franziram e eu vi a semelhança entre mãe e filho.

"Ah, é!" Madeleine forçou o espírito de volta em sua voz. "Eu só fiquei preocupada com Dana".

A mulher mais velha relaxou. "Sim... Naturale. Como você vê, sua irmã é... Bene". Ela se virou para sair, "Vou pedir a Mariana para preparar o jantar mais cedo".

Madeleine se virou para mim com uma expressão de desespero.

Agradecendo a Sophia, levantei-me e expliquei que tínhamos que voltar para o hotel.

Houve uma pausa como uma respiração presa entre todos nós. A tensão de Madeleine parecia um fósforo pronto para começar.

Sophia deu um pequeno aceno triste. "Sim... eu entendo", ela disse calmamente e se afastou para que saíssemos.

No andar de cima, eu estava morrendo de vontade de saber o que havia acontecido, mas Madeleine estava relutante em falar. Entre suas respostas curtas e indiferentes, deduzi seu dia. Os acompanhantes de Carlo a haviam deixado sozinha em uma camorate da empresa, e ele não se aproximou dela o dia inteiro. Ela conseguia vê-lo, disse ela, se seguisse o flash das câmeras.

"Duvido que ele sequer tenha percebido que eu fui

embora", disse ela, fechando o zíper da bolsa salva-vidas. "Dee ... eu sou idiota?"

"Não!" Eu disse, sufocando uma risada, "Não é". Ele é!"

"Obrigada", disse ela, sem um pingo de humor.

Sophia e Gaetano estavam nos esperando no carro. Sophia era reservada, e eu me perguntei se ela estava muito familiarizada com os relacionamentos caprichosos de seu filho. Ela deve ter visto tantas mulheres – meninas – irem e virem, mas parecia genuinamente triste. Ela beijou cada uma de nós nos rostos e sussurrou no ouvido de Madeleine, o que pareceu assustar minha irmã por um momento. No meu caso, ela acariciou minha bochecha, e em seguida, moveu a mão para o meu peito.

"Dana... aqui... ela espera por você".

Eu tremi. Quando nos viramos em direção ao carro, nem Madeleine nem eu conseguíamos falar.

CAPÍTULO VINTE E UM

"Signorina." O porteiro chamou-me à sua mesa. Ele se afastou dos escaninhos atrás de si e estendeu um envelope. Imediatamente reconheci a caligrafia. Os músculos das minhas pernas pareciam estar derretendo. Madeleine estava segurando a porta do elevador. Ela olhou do meu rosto para o envelope.

"Outro!"

Subimos os três andares em silêncio. Nosso quarto parecia indiferente ao nosso retorno, embora agora tivesse adquirido um cheiro clínico. Sentamos lado a lado na cama mais próxima e Madeleine observou enquanto meus dedos trêmulos retiravam a nota.

"Que tipo de bilhete é esse?" Ela sussurrou: "Parece que foi escrito por uma criança.".

O conteúdo da carta era composto de símbolos – linhas retas e onduladas. Madeleine pegou de mim. "Quem quer que esteja escrevendo isso, deveria ter incluído uma tradução!" Ela murmurou enquanto estudava o carimbo do correio. "É daqui, de Roma", anunciou ela. "Qual é o sentido dessas cartas se você não consegue entendê-las?" O rosto da minha irmã estava tenso de cansaço.

"Eu não sei". Meu coração parecia que tinha caído no meu estômago, "Mas por que alguém se daria a todo esse trabalho?"

Ela não respondeu.

Dobrei a nota no envelope e coloquei-a com as outras duas na minha mala. Sentei-me ao lado de minha irmã e a puxei para perto.

"Mads..."

Ela deu um grande soluço e virou a cabeça em meu ombro. "Cretino," foi a única palavra que pude ouvir entre suas lágrimas.

Jantamos em um restaurante caro que vimos assim que chegamos em Roma. As mesas à luz de velas, a vitela e as trufas finamente cozidas eram uma mudança bem-vinda em relação à iluminação prática e áspera e às massas e pizzas usuais. Conversamos levemente sobre nossa viagem até agora, podendo rir agora da viagem de balsa para Kos.

Não mencionei Julian, ou a mulher que pensei ter visto na floresta naquela manhã. Era a primeira vez que Madeleine ficávamos tão próximas em muitos anos e eu me sentia culpada por me conter. Mas eu estava começando a me preocupar com minhas experiências e, no momento, queria mantê-las para mim. Eu temia estar perdendo o controle da realidade. Não falamos sobre Carlo, também, embora eu duvidasse que ele pudesse ser esquecido tão facilmente. Madeleine havia deixado seu celular no hotel, e imaginei suas mensagens empilhando contra a determinação dela.

Depois de uma última garfada de tiramisu, ela largou o

garfo e limpou cuidadosamente o canto da boca com o guardanapo. "Liguei para Julian," disse ela.

Chocada, baixei o garfo que estava suspenso no ar.

"Depois que você pensou que o viu", ela disse mais rapidamente. "Eu quis saber se ele estava aqui".

"Você não disse isso a ele, não é"? Todas as minhas ansiedades e dúvidas sobre o que pensei ter visto vieram à tona.

Ela balançou a cabeça, "Eu disse que estava apenas me perguntando como ele estava. Afinal, ele fez parte da minha vida também, como um irmão por 10 anos".

"E ele estava... ele está... aqui?"

"Ele não disse...Mas, de qualquer forma, quando chegou a hora, eu esqueci de perguntar. Ele estava preocupado com você".

"Por que?"

"Ele não ouvia falar de você há um tempo e..." Ela estudou sua tigela vazia.

"Ele sabe que estamos viajando", eu disse. "Obviamente, ele não recebeu minha carta. De qualquer forma, não achei que tivesse que contar a ele meus passos".

"Eu sei disso... ele sabe disso". Madeleine disse, olhando para cima. "No entanto, ele está preocupado".

"Ele pode me ligar se estiver tão preocupado".

Ela balançou a cabeça e parecia triste. "Dee, às vezes você pode ser..."

Eu esperei. Um garçom levou embora nossos pratos vazios.

"Irritadiça," disse ela, por fim e recostou-se no assento com uma satisfação de quem "finalmente disse isso".

Recolhi migalhas de pão minúsculas na toalha de mesa com a ponta de um dedo e coloquei-as com cuidado no guardanapo. "Sua palavra ou a dele?"

Madeleine foi para frente e inclinou a cabeça para que eu fosse forçada a olhar para ela. "Ele ainda te ama".

"No final, isso não significa nada. Ele escolheu ir para Londres ou para cá ou onde quer que esteja e... Enfim, você ligou para ele!"

O garçom voltou com cafés que não tínhamos pedido.

"Prego, signorine", disse ele, colocando as mãos em um apelo suave.

"Grazie". Fiquei realmente grata pela distração.

"Não houve pedras nas duas últimas," eu disse.

Madeleine parecia confusa.

"Nas cartas.".

"É verdade! O que isso significa?"

"Talvez 'quem quer que seja' tenha esquecido de colocá-las".

"Nunca descobrimos do que se tratava a pedra", disse Madeleine. "Talvez 'quem quer que seja' ache que somos burros e decidiu não perder o tempo dele".

"Ou dela," disse eu, "mas meio que viemos a Roma por causa da pedra... E... Carlo".

"Viemos?" Madeleine ficou séria. "Queria que nunca tivéssemos ido para o hotel dele. Isso sim é parecer impaciente, e fácil".

Apesar de minhas reservas em relação a Carlo, duvidei que ele achasse minha irmã fácil. Houve momentos em que vi como ele a tratava com ternura. Na verdade, além de sua reputação e a versão de Madeleine de seu dia nas pistas, ele havia sido um cavalheiro. Lembrei-me de que Sophia era sua mãe. Ela era adorável demais, refinada demais para ser mãe de um mulherengo.

"O que aconteceu com o pai de Carlo?"

"Morreu anos atrás, quando Carlo era um menino. Ele era um conde ou algo assim.".

"Isso explica a *villa*" eu disse. "Daria para imaginar que ele já teria se mudado de casa.".

“Aquela é a casa dele. Sophia mora com ele. Acho que o pai dele perdeu muito dinheiro. Não tenho certeza, Carlo não tocou muito no assunto”.

Os olhos de Madeleine brilharam.

"Você o ama, Mads?”

Ela balançou a cabeça, mas pude ver que seus olhos estavam ardendo. Eu não conseguia pensar em outra vez em que a tivesse visto assim por causa de um homem. Aqui estávamos nós, duas abandonadas. Quando eu disse isso a ela, ela riu.

"Pelo menos o seu te ama", disse ela, "e isso torna a sua situação mais ridícula do que a minha”.

"Mais ridículo do que ver o seu ficar girando em círculos?”

“Touché!” Madeleine piscou para afastar as lágrimas que se formaram. “Embora eu me pergunte se todos nós não estamos fazendo isso - apenas andando em círculos”.

Nosso garçom apareceu parecendo satisfeito conosco. “O café está bom, não?”

Quando voltamos para o hotel, o telefone de Madeleine estava cheio de mensagens.

"O que devo fazer?” Ela foi interrompida pelas batidas eletrônicas de Born to be Wild.

Encolhi os ombros e fui para o banheiro quando ela atendeu a ligação.

Sentada no assento do vaso sanitário fechado, pude ouvir o murmúrio de suas respostas ocasionais. Carlo, presumi, estava enviando perguntas rápidas pela banda larga. Eu podia imaginá-lo andando pela sala, em círculos. Ele teria um fino telefone preto preso ao cinto e suas mãos livres estariam pressionando. Eu olhei pela abertura na porta. Madeleine estava recostada na cabeceira da cama. Seus olhos percorreram o teto enquanto ela ouvia. Quando ela falou, sentou-se para frente e pronunciou sua fala com afirmação.

"Não, Carlo. Não sei a que suas mulheres estão acostumadas, mas..."

Fechei a porta e abri as torneiras.

Quando voltei para o quarto, com um pouco da minha tensão liberada pelo ralo, Madeleine estava sentada na cama com o telefone na mão.

"Então? Eu disse.

"Ele é um cretino arrogante.".

"Então, não mudou muito", eu disse, embora já pudesse ouvir o "mas" em sua voz.

"Dee".

Lá vem.

"Ele quer me compensar... Amanhã".

"Claro que quer," eu disse para o teto.

"Dee... Tudo bem por você?"

"Só espero que você saiba o que está fazendo".

"O que você vai fazer amanhã?" Ela disse, ignorando meu comentário.

"Vou pensar em algo... Estou me acostumando com isso".

"Ai!" ela disse, com um sorriso provocador.

Quando Madeleine voltou ao hotel depois do café da manhã para se preparar para o dia fora, demorei no meu café. Tirei os bilhetes misteriosos da minha bolsa e as coloquei lado a lado na mesa.

Já eram três: uma entregue de Kos para mim em Melbourne em grego antigo: "'Verdade', disse ela". E estava acompanhado por uma pequena pedra de mármore que não veio da Grécia, e sim de Apeninos, que incluía a Itália. Então um foi entregue a mim em Kos, escrito em latim: "O que você procura de mim, você deve procurar mais perto de casa", e em Roma, outra, não escrito, entregue em meu hotel com símbolos – linhas retas e onduladas, a origem da mensagem desconhecida. O pergaminho dos três era o mesmo, embora as fibras e os grãos dessem a cada um seu próprio caráter. Embora pudesse ser papel de carta reciclado, a qualidade parecia melhor, mais cara.

Estudei as palavras e os símbolos de cada mensagem que estavam centradas igualmente em cada uma das notas. A mesma mão havia escrito pelo menos as duas primeiras, evidente na minúscula serifa que aparecia de vez em quando. No final da última mensagem, havia uma pequena mancha que parecia ter sido apagada às pressas. Tive minha primeira conexão com o autor.

O que estavam tentando me dizer? Quem sabia onde me encontrar em Roma e onde me encontrar na Grécia? Poderia ser alguém que havia escrito uma carta de ódio antes?

A possibilidade me assustou, mas aquelas cartas de ódio estavam longe de ser enigmáticas e eram claras no que seus autores queriam dizer. Todas, exceto um, haviam sido digitadas em negrito. A que havia sido escrita à mão dizia: "Espero que você morra". Foi escrito de maneira rude e a página havia sido arrancada grosseiramente de um bloco de notas, de modo que a borda superior estava irregular. Embora eu não pudesse ter certeza, duvidava que essas três fossem escritas por aquela mão.

Peguei a primeira das notas. No momento em que eu a havia recebido o processo judicial havia acabado e sua chegada com o carimbo do correio de Kos havia me impulsionado nesta jornada. Coloquei-a com as outros e estudei todas elas em busca de pistas. Eu havia presumido que o autor fosse homem, embora, pelo que eu sabia, nenhuma das mulheres que eu conhecia tinha estado em Kos. Pensei então na mulher do Panteão, mas só tinha passado a vê-la desde que vim para Roma. Na dura realidade do café, duvidei da existência dela e me repreendi por dar às minhas "visões" qualquer credibilidade.

Por outro lado, me perguntei por que a inventaria. Seu rosto era tão real quanto o de qualquer pessoa ao meu redor agora. Dobrei as notas e coloquei-as cuidadosamente na minha bolsa. Nada ficou mais claro para mim. Eu paguei a conta e saí.

CAPÍTULO VINTE E DOIS

O saguão da biblioteca da cidade era amplo como um pulmão inflado e corredores traqueados levavam a várias direções. Uma placa acima indicava cada área de assunto e códigos de catálogos. Sentei-me em um dos computadores alinhados na parede que ainda estava conectado à Internet do usuário anterior.

Digitei "Giorni, Carlo" e olhei culpada por cima do ombro enquanto ele carregava. Duzentos e setenta e três resultados e Carlo aparecia em todos da primeira página. Eu rolei pelos artigos que elogiavam suas habilidades na pista, suas travessuras de playboy e sua lesão. Na segunda página, em artigos mais curtos e não tão interessantes, encontrei uma foto rara de um Carlo mais humilde sentado com uma criança em sua cama de hospital. Qualquer coisa por uma oportunidade de foto, pensei. Mais adiante, encontrei o que queria - a biografia. Cliquei na tradução em inglês.

'Carlo Giorni, principal piloto de Fórmula 1 pelo quarto ano consecutivo, não está desacostumado com a vida de sucesso pela qual é famoso. Nascido em Florença em 1971, é filho único do produtor Caspare Giorni e de Sophia Dubrova, filha de um conde romeno. Educado na Sorbonne, Carlo estudou Filosofia e Direito, mas abandonou os estudos pelas emoções das pistas, uma decisão que causou uma rixa entre pai e filho. Caspare Giorni morreu em 1995 em um acidente de avião leve. Ele não viu os grandes números que seu filho alcançou na Fórmula 1. Os dois não se reconciliaram...' O restante do artigo elaborou sobre o sucesso de Carlo, mas eu senti que estava conseguindo alguns insights sobre o homem que estava supostamente hipnotizado por minha irmã. Eu não confiava nele e tinha certeza de que havia mais em sua história.

Enquanto caminhava pelas ruas, pensei em Julian, mas não o procurei mais em Roma. O contato de Madeleine com ele me abalou. Ele ainda te ama, Madeleine tinha dito, e Julian diria isso. Ele sabia que eu estava passando por um momento difícil desde a morte de Bonnie e ofereceu seu amor distante e desapegado como um apoio. Minha irmã era romântica e nunca acreditou que Julian e eu poderíamos terminar. Eu me perguntei o que isso significaria para ela hoje. Carlo falava bem.

No Panteão, o guarda acenou com a cabeça em reconhecimento quando entrei pela porta. Eu estava convencida de que minha mente estava pregando peças, talvez uma resposta tardia ao trauma dos últimos meses.

Não foi um colapso, disse a mim mesma e estava determinada a encontrar uma explicação lógica para a mulher que tinha visto. Havia pouca luz dentro, mas contei outras trinta pessoas circulando entre as paredes. Um homem estava no centro olhando para a abertura do óculo como a mulher tinha feito na primeira vez que a vi e estudei a maneira como a luz fraca refletia em seu rosto, procurando por quaisquer distorções em sua aparência. Eu me virei ao ouvir clique suave da porta lateral. Quando voltei a contar, ninguém havia entrado, mas alguém havia saído.

A Piazza della Minerva estava menos lotada do que da última vez. Olhei para os degraus da igreja onde tinha visto a mulher há poucos dias. Um casal de idosos descia cada degrau como se eles pudessem desmoronar sob seus pés. Atravessei a piazza e subi os degraus de dois em dois. Lá dentro, velas tremeluziam em seus suportes nas paredes. A igreja estava lotada de turistas sussurrando maravilhados com os vitrais, a arquitetura e os fiéis estavam com os olhos bem fechados para ignorá-los. Um homem com o cabelo bem branco estava sentado em um banco traseiro, a cabeça inclinada para trás em uma oração suplicante. Um casal de meia-idade estava admirando o trabalho de uma das Via-Sacras na parede oposta.

Observei a estação mais próxima de mim, lindamente entalhada e rica em ouro – *Jesus cai pela terceira vez*. Segui as estações indo para trás em direção ao altar principal, parando para considerar cada cena. *Jesus cai pela segunda vez... pela primeira vez*. Desejei que a vida pudesse ser rebobinada tão facilmente. À sua volta, a família e os amigos olhavam com angústia, sua paralisia capturada com tanta compaixão na talha da madeira. Reconhecia algumas de suas expressões nos rostos daqueles que me apoiaram durante meu próprio julgamento. O que eu diria a esse Jesus sobre minha adorada juventude? Fugir do jardim? Voltar para a carpintaria? Esqueça salvar pessoas. O que você está pensando? Eu disse mentalmente para a figura caída. Seu rosto era passivo, o choque havia se instalado e uma coroa de espinhos perfurava sua cabeça.

Havia mulheres no fundo, e eu sabia qual era Maria – eu havia visto aquele olhar no rosto das mães que assistiam seus bebês lutando contra a morte. A outra Maria estava lá, não tão nobre, mas tomada pela tristeza. Este rosto eu amava, e o escultor também. As lágrimas desta Maria haviam formado nascentes em torno de seus olhos e boca. Havia outras mulheres lá, atrás do homem, sempre veladas.

Quando olhei para aquele quadro, senti que o estava vendo pela primeira vez. Eu sempre havia focado no homem e nunca nas mulheres atrás? Eu havia feito isso na minha própria profissão? Sempre me considerei uma pessoa sortuda por não ter encontrado barreiras à educação e ao campo escolhido, mas agora, distante do meu trabalho, percebi que talvez fizesse parte da regra. Eu havia sido ensinada, em grande parte por homens, sobre os corpos das mulheres e o processo de nascimento, e isso parecia discordante para mim agora.

Os turistas estavam espalhados pelas capelas recuadas e uma fila passava por uma estrutura no altar principal. Quando uma lacuna apareceu, pude ver a escultura de Catarina de Siena deitada de encarando o céu arqueado. Embaixo, seu sarcófago guardava seu corpo sem cabeça. Juntei-me à multidão, mas desisti de me esforçar para ver melhor e optei por seguir uma passagem que levava à reconstrução dos quartos onde ela havia morado. Em um ângulo reto, havia um corredor menor com uma placa que dizia simplesmente "Minerva".

Abandonando as salas reconstruídas, segui os degraus estreitos que levavam às fundações da igreja. A escada estava iluminada com velas elétricas fixadas na parede, mas várias das esferas haviam explodido. Não havia corrimão para me guiar, e minha mão esquerda agarrou a parede para me apoiar. No meio do caminho, um jovem casal nórdico caminhou os degraus com confiança em minha direção, mas não ignorou minha presença, a não ser para passar por mim em fila única.

A luz da câmara abaixo tinha a densidade de uma nuvem cúmulos macia que vagou para os degraus mais baixos para mostrar sua idade e desgaste. Pedras soltas jaziam na base da escada como se tivessem sido lavadas pela maré e fui lembrada da entropia de todas as coisas. A câmara era iluminada por enormes velas em suportes de latão posicionados para iluminar uma laje de pedra. O efeito era mágico, e eu senti que estava em uma cena de um filme de Zeffirelli.

Várias pessoas se moviam ao redor da laje, parando de vez em quando para ler as placas em sua entrada. Quando me juntei a eles, permiti que meus dedos acariciassem sua superfície alisada pelo tempo, como fizera no altar de Asclépio. Enquanto os outros saíam em onda em direção aos degraus, olhei por cima do ombro para os recessos sombreados e a porta e, certa de que estava sozinha no momento, coloquei as duas mãos firmemente na laje. As velas crepitaram e se endireitaram.

Fechei meus olhos e senti a pedra puxando energia de minhas mãos e imaginei suas moléculas vibrando e se expandindo enquanto sugava meu núcleo. Me perguntei o quanto eu podia perder quando senti uma sensação de calor sendo retornada para mim, subindo pelos meus braços e entrando no meu corpo. Minhas pálpebras ficaram fechadas como se estivessem paralisadas e estava escuro atrás delas, como se as velas da câmara tivessem se apagado.

Lentamente, a câmara tornou-se visível para mim novamente e eu olhei para a pedra. Sua matéria havia se dissolvido e eu estava olhando para um grande poço subterrâneo. A luz da vela atrás de mim formava fogueiras na crista de ondas minúsculas. Nuvens de vapor subiram como fumaça. Estendi a mão e deixei meus dedos arrastarem na corrente suave. A água estava quente e formava bolhas fosforescentes ao redor de cada dedo. O ar sulfuroso penetrou em meus pulmões até que fiquei tonta, mas absorvi mais.

Entrei na fonte da cura e abaixei meu corpo, sua estrutura separando-se primeiro aos meus pés, depois subindo por cada perna e em meus braços, abdômen e tórax. Deitei minha cabeça para trás como fizera nas fontes termais de Kos e na banheira de Sophia e senti a separação em minha cabeça. Apenas a ponta do meu nariz estava acima da linha da água que conectava ao respiro da vida. Abaixo da superfície da água, eu podia ouvir e sentir uma pulsação sônica que acelerava minhas moléculas em velocidade frenética. Imagens caóticas passavam em minha mente conforme suas vibrações aumentavam. As lacunas de luz aumentaram à medida que as imagens se dissipavam. Nesses espaços vazios, uma imagem estava tomando forma: o rosto de uma mulher se formando a partir da luz. Seus lábios, agora completos, se abriram lentamente para liberar uma palavra...

"Você está bem?"

Uma mão na minha coluna estava me arrastando por um túnel escuro. A entrada rápida de ar ficou presa no fundo da minha garganta, e eu gaguejei no brilho da câmara. Minhas mãos ainda estavam fixas na laje quando outra mão deslizou das minhas costas para a minha cintura e o rosto de uma mulher apareceu no meu ombro.

“Calma,” ela disse.

Eu respirei profundamente.

"Tudo bem?”

"Sim... sim... obrigada.” Levantei mais reta do que podia.

Ela estava me encarando agora. “Você precisa se sentar? Devo pedir ajuda??

Eu vagamente notei seu sotaque da Nova Zelândia. Assegurei-lhe de que estava bem, que estava tonta por não ter tomado o café da manhã e agradeci sua preocupação. No silêncio constrangedor que se seguiu, ela me deixou, mas não sem dar um olhar preocupado por cima do ombro enquanto subia as escadas.

Apesar do meu sorriso tranquilizador, minhas pernas estavam fracas e quase falharam debaixo de mim quando ela desapareceu. Agora eu estava ficando muito preocupada com essas experiências estranhas que estavam se tornando mais frequentes e intensas.

O sentimento físico desse me assustava.

CAPÍTULO VINTE E TRÊS

No caminho de volta para o hotel, tive que parar várias vezes para me segurar contra a tontura e uma sensação de dissociação entre mente e membros.

Será que eu tinha *um tumor cerebral?* Isso poderia explicar algumas das minhas experiências. O medo apertou minha garganta quando imaginei ele crescendo sem parar em meu cérebro. *Havia começado a fazer danos seis meses atrás?*

Era por isso que eu achava tão difícil lembrar os eventos exatos da morte de Bonnie?

Minhas pernas se recusavam a andar e me encostei na pedra fria de um prédio comercial. Minha respiração ficou presa contra meu diafragma paralisado. Eu tinha certeza de que devia estar pálida. Que eu estava prestes a desmaiar. Ninguém parou, embora um homem de meia-idade tenha parado brevemente para assentir a cabeça em saudação. Eu olhei além dele para o lado oposto da estrada. Uma figura solitária estava me observando e pensei que fosse Julian, mas agora estava desesperada por uma prova. Usei a parede para me impulsionar para frente, mas um ônibus passou entre nós. Quando terminou de passar, ele também sumiu.

No hotel, liguei para o celular dele, mas o tom indiferente e ligeiramente formal de sua voz gravada levou minha coragem embora, e deixei uma mensagem estranha, e depois me arrependi.

Deitei na cama e li os folhetos do hotel para distrair meus pensamentos. O barulho da maçaneta da porta me assustou. Madeleine deu uma pequena pirueta na porta enquanto tirava a chave da fechadura. Eu olhei para o meu relógio. "Você chegou cedo".

"Hmmm?" Ela tinha uma aparência de calma completa.

"Você voltou mais cedo do que eu esperava", eu disse, mais bruscamente desta vez.

"Bem, você sabe... passei algumas horas com ele. Isso vai servir... Por enquanto".

Eu me perguntei se minha irmã estava falando comigo ou com o teto.

"Pelo jeito, a explicação dele foi suficiente para você? Eu ainda estava deitada e a minha posição parecia aumentar seu vigor.

"Ah, é..."

Eu a vi corar, mas ela continuou: "Ele me explicou sobre o outro dia... Acho que deveria me acostumar com a fama dele. Na Itália, pelo menos".

Senti um pequeno estremecimento no meu peito e esperei que ela continuasse, mas ela entrou no banheiro e fechou a porta suavemente. Quando ela reapareceu, a descarga parecia estar mais alta do que o normal.

"Como foi seu dia, Dee?"

"Ok..." Eu esperei.

"O que você fez?" Desta vez, pela primeira vez desde que Madeleine tinha entrado, ela me olhou nos olhos.

Eu segurei seu olhar. "Nada demais."

Ela se sentou na cama e se apoiou nos braços para me encarar. Suas sandálias estavam apontados para o tapete e seu corpo formou um belo gradiente contra o meu patamar. Ela me olhou com uma expressão séria. "Eu estou apaixonada".

Sentei-me contra a cabeceira da cama e falei com a arquitrave. "E ele?"

"Ele diz que está".

"E você acredita?"

Madeleine estava estudando meu perfil. "Acho que sim.".

Eu deveria ter ficado feliz por ela, mas tive um pressentimento de perda e sabia que me arrependeria de ter perdido esse momento de intimidade entre nós.

"Isso é ótimo, Mads". Eu me virei para ela mais completamente agora, tentando elevar o nível de entusiasmo em minha voz, "E agora?"

Ela pegou minha mão. "Por enquanto, vamos jantar e continuar com nossas férias".

Antes de comer, demos uma longa caminhada, desviando-nos para caminhos inexplorados. Nenhuma de nós estava interessada, preferindo olhar pelas janelas, mas em uma boutique de couro, eu me apaixonei.

"É lindo, Dee. Você está deslumbrante".

Meu reflexo sorriu apreciando a riqueza da jaqueta de couro. À luz do fim da tarde, o cobalto escuro refletiu em meus olhos e, por um momento, me achei linda.

"Me deixe comprar para você".

Madeleine estava sentada atrás de mim em uma poltrona profunda e elegante e, juntas, no espelho, formamos um daguerreótipo antiquado, manchado como se um tinteiro tivesse derramado sobre meu peito. Imaginei aquela fotografia sendo passada entre os dedos dos filhos de Madeleine no futuro. Eles me veriam sorrindo, mas perguntariam por que eu estava tão triste. Olhei para o meu rosto e para os olhos que refletiam a poeirenta luz romana e percebi que havia me tornado uma vítima da minha própria vida.

O telefone de Madeleine me chocou para a realidade. Ela remexeu em sua bolsa, envergonhada pelo toque, embora a vendedora estivesse focada em outro cliente.

"Pai? Está tudo bem?"

Afastei-me do espelho enquanto tirava o casaco. Ela estava ouvindo atentamente, mas sorriu para mim com segurança.

"Aham..." O telefone estava apoiado debaixo de uma orelha enquanto ela tirava um cartão de crédito de sua carteira.

A conversa foi breve e me ocorreu que ela e meus pais mantinham contato regular.

"Papai está tentando ligar para você. Ruth ligou para avisar que há uma conferência na Inglaterra na qual você pode estar interessada." Ela pegou o casaco de mim.

"Papai não queria falar comigo?"

Ela encolheu os ombros. "Acho que eles sabem que você quer ficar sozinha." Ela ainda estava admirando o casaco quando o levou ao balcão. "Como essa jaqueta é legal"

Voltei-me para o espelho. Eu estava sem cor.

Quando saímos para a rua, Madeleine me deu a sacola laminada. Por dentro, minha nova jaqueta estava luxuosamente almofadada entre um pedaço de papel de seda branco. O contraste de cores me lembrou de Kos e de quão longe havíamos chegado, pelo menos fisicamente.

"Mads, este é um presente tão caro..."

Seu rosto tinha uma expressão de advertência.

"Muito obrigada. É... o melhor presente que já ganhei".

Ela sorriu. "E estas férias também!"

Nós seguimos em frente.

"Papai disse a você sobre o que é a conferência?"

"Não. Você está interessada?" Ela fez uma pausa e estava me encarando com um olhar de antecipação.

Eu mantive meu ritmo.

"Dee?"

Eu parei. Tive de admitir que me sentia um pouco entusiasmada com a ideia de uma conferência.

"Vou ligar para Ruth," disse eu, para satisfazer minha irmã.

Ela não respondeu, mas quando continuamos nossa caminhada, notei seu pequeno sorriso.

O bule de chá Earl Grey, um achado raro em Roma, fumegava entre nós.

"Então, vai ligar para Ruth?" Madeleine estava mexendo seu chá sem açúcar.

Encolhi meus ombros enquanto tentava entender o fundo da minha xícara.

"Vá em frente", ela pediu, acenando com a cabeça na direção da minha bolsa que estava amarrada nas costas da cadeira.

Obedientemente, peguei o telefone e liguei. Três novas mensagens de voz tocaram lá dentro. A primeira era de Ruth. O som de sua voz me angustiou de inicio. Era uma voz que poderia convencer as pessoas a revelar seus segredos mais pessoais. Eu sentia falta dela. A conferência seria em Bath na semana seguinte, mas ela não dava muitos detalhes. Enquanto ela recitava o número de contato, fui lembrada das reuniões semanais ela presidia. Em minha mente, lembrei de meus colegas – a maioria homens. Alguma vez eles acharam estranho que eles predominassem na obstetrícia? Eram homens bons. Eu conhecia cada um deles muito bem. A maioria deles tinha uma ótima reputação e eu não pensaria duas vezes sobre qualquer um fazer o parto do meu próprio filho, mas agora eu ansiava pela companhia de mulheres. Eu queria pertencer àquele grupo de mulheres em torno do Cristo caído: Maria do ventre, Maria no túmulo.

"Deus te abençoe, Dana", Ruth sussurrou através do alto-falante do meu telefone. Eu desliguei.

Madeleine me observou. Retransmiti a mensagem e ela esperou que eu continuasse.

"Ela deixou o número, se eu estiver interessada".

"Seria bom para você," disse ela, parecendo satisfeita.

"E para você?"

Ela parecia magoada. "O que você quer dizer?"

Eu disse a ela o que quis dizer.

"Dee... Você é a pessoa mais importante na minha vida. Estas férias foram algo que eu quis por muito tempo . Agora que finalmente tenho minha irmã de volta, não quero que isso acabe".

"De volta de onde?"

Aquele olhar úmido estava condensando nos olhos da minha irmã. Ela se inclinou na minha direção por cima da mesa.

"Você se lembra de quando éramos crianças e passávamos muito tempo brincando juntas? Nós não precisávamos mesmo de mais ninguém. Mesmo quando você era adolescente, você ainda tinha tempo para mim, embora eu devesse ser grudenta.".

Eu sorri para mim mesma com a estranha inversão de papéis de agora.

Ela continuou: "Mas quando você foi para a universidade, nós nos separamos..."

"Mas isso é normal, certo?" Eu estava me sentindo na defensiva.

"Claro. Mas não é isso. Você mudou. Você sempre foi tão tranquila, calma... Espiritual, até. Todo mundo percebia isso em você. Eu te admirava muito e ainda admiro".

Respirei fundo para conjurar uma defesa, mas aceitei que havia alguma verdade nisso. Embora não conseguisse identificar onde ou por que, reconheci que havia me tornado mais reservada, talvez tivesse ficado frágil. Minha voz saiu em um sussurro queixoso: "Você ainda me admira?"

Minha irmã recostou-se. Seu sorriso era radiante, "Mais do que qualquer outra pessoa. Você é tão inteligente, tão bonita. Você me fascina".

"Mas eu falhei.".

Ela ergueu as sobrancelhas em frustração. "Não foi sua culpa! Você já lidou com a morte antes e isso viria: ser culpa". Ela ergueu a xícara para um brinde: "Para frente e para cima".

"Amém para isso," disse eu, e coloquei minha mão no couro de meu casaco novo.

CAPÍTULO VINTE E QUATRO

Um choque de consciência me acordou no meio da noite. Sentei-me e acendi a lâmpada. Madeleine roncava baixinho.

A voz eletrônica da caixa de entrada do telefone divagou em seu discurso.

"Primeira mensagem. Deixada em..."

"Olá, querida, é o papai..." Desliguei enviando um pedido de desculpas mental ao meu pai.

"Segunda mensagem. Deixada em..."

"Dana..." O aumento repentino da pressão arterial na minha cabeça distorceu as palavras seguintes de Julian. Sentei-me ereta, domando o cabelo de travesseiro com minha mão livre.

"Recebi sua mensagem – bem, pelo menos seu olá. Você está bem? Me ligue de volta.".

E foi só isso. Eu apertei o botão de replay para tentar ouvir outra coisa, uma pista do sentimento em sua voz. Tentei me lembrar do tom que devo tê-lo ouvido usar ao falar com um amigo ao telefone, ou parecia mais com a maneira como ele soava em momentos mais íntimos comigo? Eu queria imaginá-lo sentado sozinho em seu escritório e me perguntei se ele o tinha montado como seu quarto na casa que compartilhamos.

Ele ainda tinha a minha fotografia que amava, aquela em que me girava no colo como uma criança do lado de fora da tenda que finalmente havíamos conseguido erguer? A emoção tomou conta do meu peito enquanto eu pensava naquele feriado. Nunca nos sentimos tão livres. Nunca estivemos tão apaixonados. A imagem foi fragmentada por um pequeno som de fundo. Eu repassei novamente. Foi o leve tilintar de louças, o tom que apenas dois pratos de jantar poderiam fazer em uma sala íntima enquanto eram retirados da mesa.

Minha cabeça gemeu contra a cabeceira da cama.

Madeleine se mexeu e olhou para mim com um olho aberto. "E aí?" Ela murmurou através do lençol que cobria sua boca. Ela se sentou. "Dee?"

Embora me sentisse uma tola, contei a ela o que tinha ouvido.

"Me dá o telefone". Ela estendeu a mão em um comando. "Me deixa ouvir".

Eu balancei minha cabeça. "Eu excluí".

"Ele ligou para você, certo?" Havia uma expressão de indisfarçável exasperação no rosto da minha irmã. "Isso quer dizer alguma coisa!"

"Os bilhetes também querer dizer algumacoisa, mas também não sabemos o que significam". Eu me perguntei o que era mais difícil de decifrar, letras criptográficas ou a natureza humana.

Enquanto Madeleine tomava banho na manhã seguinte, liguei para o número de telefone que Ruth deixara para a conferência em Bath. Começaria em dois dias, me disse uma voz masculina muito séria. Eu o imaginei vestindo uma camisa de botões fechada até o topo pressionando sua garganta. Seu cabelo deveria preto, untado de modo que parecia um capacete. Ele deveria estar de pé, o telefone longe do ouvido.

"Avisando tão tardiamente", disse ele, "você precisa encontrar sua própria acomodação. Você gostaria de se registrar?"

Houve uma pausa e me perguntei se ele esperava que eu dissesse não.

Eu hesitei. "Sim.".

Ao dar meus detalhes pessoais e o número do meu título médico, senti um puxão estranho, como se estivesse entre um velho e um novo eu. Quando desliguei o telefone, quase o joguei na cama como se tivesse sido cúmplice de um crime.

O vapor saiu do banheiro. Madeleine saiu, esfregando o cabelo com uma toalha, sua pele marrom-rosada vibrando com saúde. Ela parou quando me viu olhando para o telefone.

"Você vai?"

"Sim.".

Ela sorriu e voltou a esfregar a cabeça.

"Tem certeza de que não vem junto?" Eu perguntei.

"É importante você ir. Vou se você quiser, mas..."

Eu levantei minha mão para interrompê-la. Sim, ela iria se eu quisesse, mas estava certa. Eu precisava ir sozinha e dar espaço a ela e mais tempo com Carlo.

"Está tudo bem," eu disse. "Vou demorar apenas alguns dias, e seria chato para você".

Ela vestiu a calça jeans e o suéter. "A banheira parece uma boa ideia... mas..."

Você é uma romana agora, eu queria dizer.

Passei o resto da manhã reservando um voo para o dia seguinte e organizando a acomodação. Apesar das dúvidas da recepcionista, foi relativamente fácil encontrar um quarto perto da universidade onde a conferência seria realizada. Me lembraria de para contar a ele.

Já haviam passado muitos anos desde que estive na Inglaterra, embora nunca tivesse visitado Bath. Minha impressão foi de que era muito calma e conservadora para o meu gosto, embora Madeleine provavelmente fosse achar que combina comigo. Eu havia ficado com amigos em Londres por um mês durante meus anos de estudante. Gostaria de pensar que me diverti muito, mas na verdade, passei a maior parte do tempo estudando com afinco na Biblioteca Médica de Oxford. Fui a locais previsíveis, vi "A Ratoeira" de Agatha Christie e bebi algumas canecas de Guinness. Lembrei-me do olhar perplexo de Madeleine quando cheguei em casa e contei a ela sobre o meu tempo fora. Ela partiu para a Europa pouco depois. As férias dela eram uma antítese total das minhas, como se quisesse provar um ponto. Lembrei-me também de que ela havia me convidado para ir com ela, mas eu estava cansada de viagens e ansiosa para voltar à minha tese. Por um momento, me esforcei para lembrar sobre o que era minha tese, e me ocorreu que, a longo prazo, isso realmente não importava. Eu deveria ter ido com minha irmã. Haveria muito para lembrar.

Madeleine tinha saído com Carlo. Eu podia imaginar seu sorriso de satisfação sabendo que eu estava fora do caminho, pelo menos por alguns dias. Minha irmã tentou disfarçar sua animação com longos abraços de "*Vou sentir sua falta*" e se ofereceu para passar o dia comigo.

"Não", eu disse com firmeza, liberando-a de seu dever de

irmã e eu de suas garras. Na rua, vi como um pedestre se afastou enquanto os dois corriam pela entrada do hotel e na calçada. Como Madeleine quase pulou no banco do passageiro do conversível preto de Carlo e como, quando ele pisou no acelerador, o tráfego pareceu parar para acomodá-lo como se ele controlasse os elementos. Este era um homem que tinha que estar à frente. Eu esperava que não fosse a qualquer custo.

Não demorou muito para arrumar a minha bagagem. Eu vivia com as mesmas roupas – jeans e camiseta – por semanas. Para uma conferência, porém, eu precisaria de algo elegante e senti prazer ao pensar que essa poderia ser a chance perfeita de estrear minha nova jaqueta de couro azul. Fiz um balanço mental das roupas em minha mala e decidi que precisava fazer compras. Passar um dia fazendo compras entre as butiques de moda romanas me distrairia de retornar ao Panteão.

Embora eu estivesse em uma cidade cheia e movimentada, parecia que a cada dia, enquanto caminhava, via rostos conhecidos: a velha com o terrier, ambos com quadris rígidos e vestindo casacos de xadrez vermelho combinando. O homem de cabelos brancos que estava na porta de seu apartamento e assistia o mundo passar a qualquer hora do dia. A jovem babá com seus três pupilos, dois meninos e um bebê em seu carrinho que ela tratava com o amor e a facilidade de uma mãe.

Quatro horas depois, voltei. Eu tinha conseguido ignorar os designs elegantes e caros para encontrar, com um esforço considerável, calças pretas simples e um suéter, uma verdadeira garota de Melbourne. Mas me surpreendi com a emoção que tive ao comprar itens de papelaria para a conferência: um caderno com capa de couro aninhado nos lenços de papel de sua caixa e uma caneta excessivamente ornamentada. Um iPad não teria custado muito mais, pensei, mas senti grande satisfação quando a caneta escorregou facilmente de sua bainha e eu passei a mão como se estivesse escrevendo uma caligrafia invisível no ar.

Madeleine voltou furtiva, mas contente. Ela não revelou muito sobre seu dia e, quando perguntei, ela voltou a conversa para o meu. Mesmo enquanto eu contava meu dia de compras e mostrava o que comprei, ela parecia estar se forçando a se concentrar. Ela compensou com repetidas exclamações de: "Ótimo!"

"Você está animada?" ela disse.

"Sobre ir a uma conferência? Não particularmente.".

"Eu comprei algo para você hoje.".

Eu não tinha notado a sacola de compras marrom em sua mão até que ela a estendeu para mim.

"Mads... não precisava! Já comprou o suficiente!" Olhei para minha jaqueta pendurada na porta do armário.

"É só uma coisinha", disse ela, sacudindo a bolsa para mim com insistência.

Dentro havia um belo cachecol de cashmere marrom e do azul cobalto do casaco.

"É lindo!" Enrolei-o frouxamente em volta do meu pescoço. A sensação era sensual enquanto corria por meus dedos. Tirei o casaco do cabide, coloquei-o e virei-me para Madeleine. Ela estava sorrindo amplamente enquanto ajeitava a gola do casaco e ajustava o lenço. Desta vez, eu me senti como sua filha se vestindo para um encontro.

"Perfeito," disse ela, "você poderia usá-lo esta noite".

Apesar da minha hesitação, ela continuou: "Carlo quer nos levar para jantar antes de você ir".

"E o que quer que Carlo queira..." protestei. Eu queria uma noite tranquila.

"Ah, qual é, Dee!" Madeleine estava explodindo em uma mistura de entusiasmo e irritação. "Londres não é tão longe".

"Exatamente! Então, por que o jantar de despedida?"

Ela parecia chateada e eu me arrependi do meu tom.

"Ele fez a reserva," disse ela, com certa finalidade.

Tirei o lenço, pendurei a jaqueta e me preparei para tomar banho.

CAPÍTULO VINTE E CINCO

O restaurante ficava perto do nosso hotel e ambas o reconhecemos. Havíamos passado por ele várias vezes e, à noite, as mesas iluminadas por velas e a opulência silenciosa dos móveis vermelhos e pretos havia sido intimidante para duas irmãs solteiras.

O maître nos conduziu a uma mesa posta para três no centro da sala. Eu percebi que minha irmã corou de prazer envergonhado com a atenção imediata que o nome de Carlo despertou. Enquanto ela caminhava à minha frente, percebi que poderia ser fácil para ela entrar na pseudo-realeza do *jet-set* da Itália.

À mesa, nós nos sentamos em um silêncio constrangido enquanto esperávamos por nosso anfitrião. Enquanto Madeleine refletia sobre o menu com muito interesse, observei os outros clientes, a maioria casais. Alguns pareciam estar na conversa animada e um pouco estranha de um novo relacionamento. Observei um casal mais velho trocar algumas palavras carregadas de décadas de compreensão mútua. Seus dedos, pesados com diamantes, pararam acima do prato – faca e garfo presos no ar. Ela sorriu para ele em reconhecimento a algo que ele murmurou para ela através da borda de sua taça de vinho. Antes de responder, ela colocou cuidadosamente a faca e o garfo no prato e tomou um gole de vinho enquanto ele retomava sua refeição. Várias vezes eles trabalharam dessa maneira, sua conversa uma bela dança de intimidade.

Em uma mesa de canto, uma senhora idosa estava sentada de frente para o restaurante, minha posição preferida. Ela parecia estar sozinha, apesar dos itens postos do outro lado. A certa altura, uma garçonete veio retirá-los e ela a rejeitou. A mulher tinha uma presença dominante, mas seus olhos continham tristeza. Imaginei que a mesa fosse para um marido que não voltaria.

Quando Julian e eu jantávamos fora, eu sempre escolhia o assento que ficava de frente para os outros fregueses e me perguntava por quê ele nunca reclamava de sempre ficar de frente para a parede atrás de mim. Mencionei isso uma vez, oferecendo-me para trocar de lugar, mas ele disse que não precisava olhar para mais ninguém na sala.

Desfiz um pedaço de pão para satisfazer o ronco no estômago. Após dez minutos ou mais, Carlo entrou e o maître o cumprimentou afetuosamente. Ele estava vestido com uma camisa vermelha flamejante e calças pretas justas e parou para olhar o restaurante como se fosse o dono. Muitos dos clientes pararam para observá-lo. Com as costas retas e elegante, ele carregava consigo uma energia, intensificada pelo leve mancar que descarregava uma faísca a cada mesa que ele passava. No brilho à luz das velas dos olhos da minha irmã, pude ver que ela era seu conduíte.

"Sou o homem mais sortudo daqui," disse ele, ao se aproximar de nós. Ele beijou Madeleine nas duas bochechas, demorando-se em sua orelha em uma intimidade que me deixou sem fôlego.

"Bella, Dana," ele disse, olhando meu cachecol e jaqueta que eu escolhi usar.

Eu reconheci a adulação sem dizer nada. Madeleine podia estar carregada pela energia deste homem, mas ele drenava a minha.

Quando ele se sentou, um garçom serviu seu vinho. Observei enquanto ele levava o copo aos lábios, segurando a haste entre o segundo e o terceiro dedo, o anel dos meus sonhos virado para mim em uma provocação. O mergulho e a subida de sua mão me hipnotizaram e minha visão periférica tornou-se turva como uma cena de flashback em uma novela de TV.

O padrão dourado do anel de folhas de carvalho estava definido contra um fundo azul profundo, a cor do Egeu. Do outro lado do mar esmaltado, um minúsculo barco manobrava entre penínsulas douradas. Eu me concentrei mais. O barco era maior do que eu havia pensado inicialmente e possuía um casco de madeira profundo. Dentro dele, homens seminus remavam ao som de um canto hipnótico que oscilava entre a popa e a proa como um pêndulo. Entre seus pés, brilhando com gotas de suor e água do mar, estava uma imensa cobra marrom. Os homens pareciam despreocupados com sua presença, mas remavam com uma determinação impulsionada por seu companheiro serpentino. Aproximei-me mais, seguindo a linha da cauda afilada de volta à cabeça que se apoiava no arco com a serenidade de um sábio. À medida que respirava, cada escala acobreada se destacava da seguinte e se contraía novamente, e foi esse ritmo de respiração que definiu o ritmo dos remadores. Ela virou sua cabeça maciça como se estivesse ciente da minha presença, embora o reconhecimento viesse apenas como uma pequena dilatação e constrição das lentes de um olho, tão escuro e profundo que era como uma passagem para o mundo subterrâneo. Ela voltou a cabeça para o mar em um gesto que me mostrava que desejava que eu a seguisse. À frente, as folhas de carvalho douradas da terra chamavam o barco para frente.

"Dee..."

A voz da minha irmã chamou atrás de mim. Eu não reconheci imediatamente, mas continuei paralisada na jornada à frente até que a terra, o mar e o barco se dissolveram. Uma taça de vinho espumante de Chiante foi colocada diante de mim. Madeleine e Carlo esperavam ansiosos, e pensei no barco sendo lavado pelo jato borbulhante de uma onda ameaçadora.

"Eu só vou para Bath," eu disse, batendo meu copo com o deles e percebendo que isso poderia muito bem ser motivo para sua celebração.

"Há outra motivo, Dee". Entre a luz das velas e a efervescência de seu vinho, as sobrancelhas franzidas de Madeleine não conseguiam esconder seu brilho. Olhei novamente para o anel na mão de Carlo. O barco esperou, e os remadores se prepararam para o aumento das ondas abaixo deles.

"Há?" Eu disse, ainda sem encará-la.

Ela estendeu a mão e tocou as costas da minha mão, "Carlo me pediu em casamento.".

Eu senti a falta de seus dedos quando não consegui responder. Quando finalmente encontrei seus olhos, Carlo me observava com um olhar de escárnio. O rosto da minha irmã relaxou em uma forma de distanciamento. Levantei meu copo que agora parecia mais pesado do que antes.

"Parabéns."

Eu me odiava por minha maldade e forcei o entusiasmo em minha voz enquanto pedia os detalhes. Madeleine narrou com entusiasmo a proposta de Carlo, parando apenas para fazer o pedido ao garçom. Foi tão clichê quanto eu teria previsto: almoço em outro restaurante exclusivo, mas com clientes o suficiente para aplaudir o joelho dobrado.

"Sem anel?"

"Ele quer escolher comigo em Paris," explicou ela. Mas eu me perguntei.

"E você... Disse sim?"

"Estarei de volta de Paris antes de você", disse ela, e acrescentou apressadamente "Podemos... Ir a algum lugar..." Sua testa franziu. Ela sabia que não seria a mesma coisa agora.

"Dana". Mais uma vez, aquela voz besuntou o espaço entre nós. "Você está feliz por sua irmã, não?" Uma sobrancelha estava levantada em sarcasmo.

"A felicidade da minha irmã é muito importante para mim, Carlo. Espero que seja para você também."

Madeleine inalou e soltou um suspiro que carregou meu nome como um vento de sopra.

Continuei, formulando perguntas impertinentes com falsa polidez. Eu o interroguei sobre sua vida – o pouco que eu sabia e o que tinha lido, e ele respondia cada uma com um pouco diversão. Minha irmã mexeu na ponta do guardanapo e olhou distraidamente ao redor do restaurante. Quando a refeição foi posta, ela pareceu grata pela interrupção e fez muito barulho com a comida simples.

"Seu pai morreu. Madeleine me contou. O que aconteceu?"

Houve um pequeno lampejo de algo - raiva ou tristeza, mas eu não tinha vergonha. Ele hesitou e seu nariz aquilino dilatou-se nas narinas enquanto respirava. Ele espalmou as mãos sobre a mesa.

"Um acidente de avião leve, Dana... A causa nunca foi determinada".

"E Sophia"? Eu continuei. "Deve ter sido um grande

choque."

As mãos tremeram?

"Sim, um choque". Ele me olhou gravemente. "Mas, para Sophia, não foi uma grande tristeza". Ele viu minha reação e continuou: "Meu pai era... tirano".

Houve uma pausa desconfortável e Madeleine estava me olhando com perplexidade.

Eu perseverei. "Pelo que sei ele era um conde?"

"Eu contei a Dana sobre seu pai, Carlo", disse Madeleine, me dando uma "olhada" com o canto do olho.

Quando ele se virou para minha irmã, seu rosto se suavizou. "Sì, Dana", disse ele, voltando-se e apertando a mão mais próxima de Madeleine na mesa. O movimento foi suave e seu polegar acariciou sua pele. "Na Itália", disse ele, "essas tradições e títulos deveriam estar... Obsoletos. A riqueza do meu pai não veio do título, mas de seu negócio: mármore. A Itália inteira é feita de mármore!" Ele riu antes de ficar sério novamente. "Minha mãe, ela é a verdadeira condessa." Ele tocou seu punho livre em seu coração. "Ela não sabia das relações do meu pai. Sophia sempre presume o melhor... A maior decência. Com o tempo, ela entende que seu marido não é tão decente".

"Ela não foi embora?" Eu perguntei.

Carlo tocou seu coração novamente. "Minha mãe é orgulhosa... e tem uma forte crença em Deus. O divórcio não é possível".

"Você é religioso, Carlo?"

Os olhos de Madeleine tremularam enquanto eu fazia a pergunta, se por irritação ou não, eu não saberia dizer.

"Sì... é claro. Eu sou italiano!" Ele disse isso com desenvoltura, mas sua mão livre moveu-se para a garganta e retirou uma corrente de ouro e um medalhão de debaixo da camisa. Dentro do medalhão havia uma imagem bizantina de Nossa Senhora, bela em sua simplicidade. O lado oposto estava vazio. "Este lugar", disse ele, passando o dedo por dentro, "é para Madeleina".

Recostei-me e observei seus olhares ternos. Houve momentos em que ele estava falando que eu pude ver o que minha irmã viu nele. Mas não havia nenhuma foto dela no medalhão, nenhum anel em seu dedo. Ele era filho de seu pai ou de sua mãe?

Pensei em Sophia e, por causa dela, mantive alguma esperança. Eu não podia negar que Madeleine estava feliz e eu precisava presumir que Carlo a amava de verdade. Quando me resignei a isso, tive uma sensação de queda e esgotamento. Eu estava com ciúmes. Na presença de Carlo, eu estava testemunhando a transformação de minha irmã, embora talvez o amor sempre fizesse isso, e eu nunca tinha visto a douração de Madeleine.

Embora sempre tenha sido calorosa e bem-humorada, esta noite, à medida que o jantar avançava, ela ficou mais relaxada como se iluminada por um calor interno que dava a seus membros uma graça lânguida. Ela não era uma das lindas modelos que geralmente cercavam o famoso motorista, mas naquele momento, pensei ter visto ela através de seus olhos. A vibração e a beleza interior de Madeleine brilhavam. Quando Carlo levou uma cereja preta escura aos lábios da minha irmã, eu desviei o olhar.

Em outra mesa, um casal parou para brindar seus copos em comemoração. De onde eu estava sentada, a luz refletia nos olhos da mulher refratada pelas bolhas de champanhe de sua taça. O homem sorriu para algo que ela disse e sua voz em resposta foi calorosa e rica. Na parede acima de suas cabeças, uma cornucópia pintada derramava uvas e melões sobre uma toalha de seda dourada.

Enquanto bebíamos o último gole de nosso café, o silêncio pairava no ar entre nós.

“Mads.” eu disse, “por que você não fica com Carlo esta noite? Estou cansada e tenho um voo cedo”.

Ela parecia assustada. "De jeito nenhum, Dee, eu quero me despedir!”

“Prefiro ir sozinha. Já pedi o taxi,” eu menti.

Madeleine parecia magoada. "Tem certeza?”

“Sim,” eu disse, pegando minha bolsa e praticamente de pé.

Os dois se levantaram comigo.

“Dana, vamos acompanhá-la até em casa,” disse Carlo, já se preparando para sair comigo.

“Não,” insisti, “é um quarteirão curto e ainda é cedo. As ruas estão movimentadas”.

Ele estava prestes a contestar, mas viu minha própria determinação.

“Continuem aqui,” eu disse. “Esta é a sua noite de noivado!” Eu beijei a bochecha de Madeleine. "Ligarei para você de Bath quando chegar lá e te vejo em uma semana. Aproveite Paris."

Ela parecia ansiosa enquanto segurava meu rosto e beijava minha bochecha. "Tome cuidado.”

Na porta, eu olhei para eles. Madeleine e Carlo estavam sentados, mas se voltaram para mim, seus corações voltados um para o outro.

Enquanto pendurava minha jaqueta no guarda-roupa, me virei e observei nosso quarto de hotel. Embora os pertences de Madeleine ainda estivessem lá, parecia que ela já havia partido. A cama dela manteve a marca de onde ela se sentou, preservada como uma lembrança fantasmagórica de minha solidão. Embora eu não sentisse muito entusiasmo pela conferência, estava feliz agora que estava indo.

Eu verifiquei meu telefone. Sem mensagens. Eu quis escapar de tudo que conhecia, e agora parecia que tinha feito exatamente isso.

O táxi que havia pedido chegou prontamente e eu tive mais tempo do que precisava no aeroporto de Fiumicino. Enquanto esperava meu voo, bebi café demais e folheei intermináveis prateleiras de revistas até que, sob o olhar desconfiado de um proprietário, senti a necessidade de pelo menos comprar um jornal. Mais uma vez, as notícias políticas dominaram a primeira página, mas na página três, fui surpreendida por uma fotografia de Madeleine e Carlo de braços dados, saindo do restaurante na noite anterior. A legenda dizia simplesmente: "Amore... Amore... Amore..." Madeleine estava se tornando outra estatística da página três.

O telefone vibrou na minha bolsa que estava prensada entre meus pés. Era Madeleine. Enquanto ela me desejava boa viagem, observei seu perfil feliz no jornal a minha frente.

"Você viu o jornal de hoje?" Eu perguntei. No breve silêncio antes de ela responder, eu a senti corar.

"Sim, Carlo me mostrou".

Típico, pensei, que ele vasculhasse os jornais em busca de evidências de sua popularidade. Minha irmã era apenas um novo ângulo para manter seus artigos?

"Ele estava com raiva", ela continuou. "Ele quer que fiquemos em paz".

"Talvez, quando estiverem casados, ele perca o encanto," ofereci.

"Para mim ou para o público?" Madeleine perguntou, rindo.

Demorei muito para responder.

CAPÍTULO VINTE E SEIS

AVEBURY

Enquanto Roma diminuía sob as asas do avião, tive uma pequena sensação de alívio. Era a idade, a beleza e a paixão daquela cidade que havia me afetado, decidi. Minhas emoções aumentaram, pensei, manifestando-se em visões fantasiosas da mulher. Uma conferência médica restauraria minha racionalidade e eu veria as coisas com mais objetividade, assegurei-me.

Recostei-me no assento, imaginando o que minha irmã estava fazendo. Ela estava olhando para o jardim de Sophia e para as ervas que ela conhecia melhor pelos nomes botânicos? Ela olharia para o céu à minha procura ou Carlo havia fixado sua posição diante dela?

Fechei meus olhos e caí em um devaneio suave. O rosto de Sophia encontrou o meu. Ela estava sorrindo, embora seus olhos quentes e salpicados parecessem estar apelando para que eu fizesse algo, para que visse algo. Tinha a ver com o filho dela? Enquanto eu estudava seu rosto, ele começou uma lenta transformação, mais jovem, de cabelos claros – a mulher do Panteão. Seus lábios carnudos se curvaram em torno de uma palavra que me esforcei para ouvir... Quem? Foquem? Diante de mim, ela se desconstruiu em cacos, como um espelho quebrado que refletia meu próprio rosto.

"Chá? Café?"

Eu me juntei ao assento. Minha boca que havia assumido a forma da exclamação da mulher teve que mudar em torno de uma resposta.

O avião pousou com um estremecimento que ressoou no meu núcleo. Através da janela, nuvens cinzentas que pareciam me seguir de um país a outro agruparam-se em formas teatrais taciturnas. Como era previsível, o checkout foi extremamente lento, mas fiquei surpresa e aliviada ao ver minha mala na esteira. Em Roma, eu me sentia sozinha enquanto Madeleine estava com Carlo, mas agora gostava de ter tempo para mim. Decidi pegar o transporte mais lento em vez do trem de Heathrow para Bath.

No mundo subterrâneo abaixo da estação, encontrei a baía e um ônibus que já levava passageiros. Havia poucas pessoas a bordo quando me acomodei em um assento perto da janela, deixando minha bolsa e jaqueta no assento ao meu lado como uma dissuasão. Uma procissão de viajantes começou a embarcar e, relutantemente, retirei-os enquanto um homem com ar de quem se desculpava enchia o espaço. Eu sorri e rapidamente virei meu rosto para a janela, o vidro e a parede de concreto do lado de fora formando um espelho que refletia meu companheiro e eu. Ele estava inclinado para longe e também parecia disposto a uma distração através das janelas opostas. Observei suas roupas: terno de linho cinza médio, camisa branca. Ele estava imaculadamente preparado. Seu perfil, agora voltado para frente, era o de um homem de quarenta e poucos anos. Ele recostou a cabeça no encosto e fechou os olhos. Afastei-me da janela e olhei para baixo em suas mãos que estavam descansando, palma para baixo, em seus joelhos. Dedos bem cuidados. Sem anel.

Para onde ele está indo? Por que eu me perguntaria?

Foi só quando o ônibus se lançou para a sombria luz do dia que ele se mexeu. Eu resisti ao impulso de me virar.

"Outro dia inglês ensolarado," disse ele, em uma voz ao estilo do ator Hugh Grant, para o fundo do assento à minha frente, como se precisasse da luz antes de poder falar.

Eu fiz um som de divertimento, mas não consegui pensar em nada a acrescentar. Houve um silêncio constrangedor que eu sabia que pontuava muitas das minhas conversas reais ou potenciais. Nunca fui boa em conversa fiada. Madeleine, por outro lado, parecia ser capaz de encontrar intermináveis pontos de discussão, mesmo com pessoas que ela não conhecia. Antes isso poderia ter me irritado, mas agora eu via que era uma expressão de seu interesse genuíno pelos outros, já no meu caso, aquilo poderia ser visto como uma posição de arrogância e egocentrismo.

"Inglaterra: linda um dia, perfeita no seguinte", eu disse, mas o momento havia passado, e eu percebi, com grande constrangimento, que ele não estaria familiarizado com anúncios da ensolarada Queensland. Foi recebido com diversão perplexa.

Por vários minutos, continuamos em silêncio na nossa jornada. Nada melhorou lá fora. O céu, a estrada e os edifícios pareciam variações de cinza. Acima dos murmúrios dos outros passageiros, a música filtrou-se pelos alto-falantes e formou uma trilha sonora sombria que parecia aumentar a tensão entre meu companheiro de viagem e eu, como se algo precisasse ser dito. Eu gostaria de ter trazido um livro.

"Você está viajando para longe?" Ele disse, virando-se para me encarar.

Eu me inclinei em direção a ele "Para Bath."

Ele era um homem com um perfil bonito. De frente, ele era... Interessante, aquela palavra temida que assombrava as pessoas que consideradas comuns. Mas, no caso dele, era verdade. Certamente, seus olhos eram uma característica. Cílios grossos e claros permitiam apenas vislumbres de olhos azuis profundos. Nórdico veio à mente. Seu rosto era profundamente marcado e dava-lhe uma aparência áspera. Eu o achei muito atraente.

"E você?" Eu disse, um pouco mais constrangida agora.

"Para Avebury."

"Não conheço essa área."

"Você é australiana." Ele falava olhando nos meus olhos, mas tive a sensação de que todo o meu rosto estava sendo absorvido.

"É o sotaque?" Eu disse, fingindo ingenuidade.

"É encantador." Seu olhar se voltou para meus lábios.

Fiquei fascinada por aqueles cílios: escuros na raiz e longos o suficiente para serem beijados pelo sol na ponta. Quando ele olhou para cima, o movimento foi lânguido, sensual. Eu não conseguia desviar o olhar.

"Você é de Avebury?"

"Não", ele disse, desviando o olhar brevemente, "Eu tenho negócios lá. Além da arquitetura georgiana, por que você está visitando Bath?"

"Talvez seja apenas pela arquitetura georgiana."

Mais uma vez, seus olhos percorreram meu rosto como se estivessem fazendo uma avaliação. "Não, não acho que seja. Também acho que você ousaria não ser fã de Jane Austen."

"Ela era uma escritora brilhante".

"Não me decepcione."

Eu sorri para aquilo. Na verdade, eu não era uma grande fã. “Há uma conferência na qual estou interessada. Me conte sobre Avebury.”

“Se vamos ser tão íntimos, acho que devemos trocar nomes. Eu sou Elliot," disse ele, erguendo a mão em minha direção.

"Dana.” Apertei a sua mão. Sua palma estava quente, mas retirei a minha rapidamente.

“Avebury é... pitoresco”, disse ele, ironicamente, voltando a colocar a mão no joelho, “mas de vez em quando”, continuou ele, “em tais remansos, uma joia é descoberta. A beleza de Avebury está em seus campos”.

"E qual é a joia”? Eu disse, intrigada agora.

Antes que ele pudesse responder, o ônibus freou de repente. Outros passageiros piaram quando o motorista gritou pela janela enquanto passávamos pelo carro da frente.

"Dana", disse ele, quando estávamos andando de novo, "diga-me o que te interessou na sua conferência”.

Eu hesitei. Eu estava interessada?

No momento, eu havia me esquecido e me perguntei por que havia me inscrito. Naquele momento, estava contente em conversar com esse estranho e aproveitar o sol fraco quando as nuvens se dissipassem. Percebi que, desde a morte de Bonnie, quase nunca estivera sozinha. Madeleine, especialmente, sempre esteve por perto. O pensamento de que eu não estava cercada por familiares e amigos bem-intencionados que me observavam pelos o canto dos olhos era libertador. Eu me virei para encarar meu estranho completamente.

“É sobre a história da obstetrícia.”

O rosto de Elliot se contraiu. Eu levantei minhas sobrancelhas.

"Desculpe, Dana. Parece um pouco... Entediante. O que você quer saber? As mulheres sempre deram à luz. Você é historiadora?”

Eu pausei. "Não, sou obstetra." Algo se mexeu da boca do estômago. Eu podia sentir sua energia percorrer toda a extensão da minha espinha até o couro cabeludo.

Elliot baixou ligeiramente a cabeça e pensei ter detectado um aumento na cor de suas bochechas.

"Desculpa. Que gafe. Você deve pensar que sou um grande idiota. É só que... você não se parece com..."

"Um homem?"

"Você com certeza não se parece com um homem," disse ele, baixando aqueles belos cílios enquanto, novamente, ele estudava a linha dos meus lábios.

Eu me mexi um pouco na minha cadeira.

"Então, a conferencia," ele disse, olhando nos meus olhos.

Eu pensei em olhei o programa rapidamente. "Eu estarei lá para as palestras sobre parteiras. Há um movimento sobre reconhecer o papel das mulheres no parto."

"Um esforço simbólico?" Ele disse, mostrando mais interesse desta vez, "Mas por que Bath? Eu poderia entender isso acontecendo em Glastonbury. Ou até Avebury, por falar nisso".

"Você está associando o papel de parteiras ao ocultismo"?

Ele fez uma pausa e ficou pensativo. "Sou um negociante de antiguidades e estou indo para Avebury na esperança de comprar uma oferta votiva que retrata uma mãe e um filho. Foi encontrado no local de uma escavação celta."

Eu pensava que eles eram comuns e disse isso a ele.

"Sim," ele disse, "mas este é esculpido em mármore. Mais incomum aqui. Todas as outras votivas encontradas nesta área foram esculpidas em calcário local."

O ônibus deu uma guinada e parou. O motorista segurou a buzina com a mão. Esperei por outro ataque verbal, mas vi apenas um labrador obeso caminhando até o meio-fio. O motorista bufou nas marchas.

Elliot explicou que havia pouco comércio na área na época, atribuído à escavação onde a votiva fora encontrada.

"Os romanos?" Eu perguntei.

Seu sorriso era levemente condescendente. "É anterior aos romanos."

Quando perguntei como ele sabia, ele pareceu confuso.

"Pelo jeito somos muito bons em nos insultarmos," disse ele. "Bastante avançado para nós, não acha? Isso geralmente acontece muito mais tarde". Ele estava me olhando daquele jeito novamente. Eu podia sentir a cor subindo em minhas bochechas.

"Você está com calor?" Disse ele, com preocupação fingida.

Eu corei.

"É bem ... atraente".

Minha bolsa estava entre meus pés e me abaixei para pegá-la, tateando o bolso e tirando as cartas e as pedras.

"Esta pode não ser a sua área, mas... Você sabe algo sobre isso?" Quando coloquei a pedra na palma da sua mão, parecia tão insignificante.

"Não sou geólogo," disse ele.

Decepcionado, fui pegar de volta.

"Onde você conseguiu isso?" Ele ignorou minha palma aberta.

Embora eu não entendesse o porquê, contei a ele minha história, sobre Bonnie, sobre a pedra e as cartas e, talvez por ele ser um estranho, teve um efeito catártico. Enquanto eu falava, ele olhou de mim para a palma da mão que ainda segurava a pedra, e de volta como se estivesse construindo um esqueleto no qual pendurava sua imagem de mim. Onde Alexander havia ouvido com sério interesse, achei o rosto de Elliot difícil de ler. Aos ouvidos deste inglês, minha história deve ter parecido fantasiosa. Embora sua expressão não denunciasse, ele estudou a pedra com um olhar profissional.

"Há uma faixa rosa incomum..." ele disse, pensativo. "Seria melhor se tivesse uma amostra maior."

Eu contei a ele sobre Alexander e como ele pensou que poderia ter vindo dos Apeninos, mas ele não parecia estar ouvindo. Ele virou a pedra na palma da mão. Finalmente, ele fechou os dedos sobre ela e a devolveu para mim, olhando para os bilhetes que ainda estavam no meu colo.

"Uma história interessante, Dana. Você sabe quem escreveu os bilhetes?" Ele estendeu a mão como se esperasse vê-las.

"Esse é um mistério ainda maior", disse eu, ao entregá-las a ele.

"Parece um admirador."

Eu disse a ele como eu havia pensado em cada pessoa que conhecia, mas sempre fiquei em branco.

"O mais estranho é que quem quer que seja parece saber onde estou... E as cartas posteriores foram postadas localmente. E também há a obscuridade das palavras e sua conexão com a pedra, se houver alguma".

Ele estava lendo as cartas enquanto eu falava, e elas ainda estavam em seu colo. "Talvez se saia melhor visitando Glastonbury". Eu sabia que Glastonbury era um ímã para os hippies e ocultistas. Aborrecida, tirei as notas de seus joelhos.

Havia um silêncio entre nós agora. O céu nublado e eu olhávamos um para o outro pela janela. O ônibus parou em um meio-fio e um casal de idosos sentado na frente demorou para descer. Eles pareciam conhecer o motorista, pois havia um vaivém de conversa. Mentalmente, empurrei-os para fora do ônibus. Eu estava chateada comigo mesma agora que fiz um esforço para conversar sobre amenidades. Nunca continuava pequeno. Quando o motorista andou novamente, Elliot estava quieto e eu me perguntei se ele pensava o mesmo.

"Mais uma vez, sinto muito, Dana," disse ele, perto do meu

cabelo. Eu não me voltei para ele. Fiquei zangada com a insinuação dele, mas, ao mesmo tempo, senti uma onda de adrenalina e algo dilatando-se no baixo-ventre. Eu coloquei minha cabeça para trás no encosto de cabeça e respirei fundo.

"Sem problemas," eu disse, fechando meus olhos para evitar olhar para ele.

"Posso ver a pedra de novo?"

Quando olhei para ele, ele estava corando. Peguei e entreguei, relutantemente, a ele.

"Veja isso", disse ele, apontando para a veia rosa no mármore, "Eu já vi esse tipo de marca antes. Era uma oferta votiva de Wessex. A peça de que estou falando era muito antiga, muito rara... E vendida por um bom preço".

"E você foi o negociador."

Houve uma contração de prazer em torno de sua boca. "Eu fui."

"Você acha que poderia ser a mesma rocha"?

"Seria muito emocionante se fosse, mas infelizmente é muito pequena."

"Então," eu disse, mais para mim mesmo da que para ele, "eu tenho uma pedra, três bilhetes – uma de Kos com palavras gregas atribuídas a Hipócrates, uma de Roma em latim, e a terceira?" Eu ofereci a ele.

"É" ele disse, pegando. "Isso é celta primitivo. Posso dizer com certeza meu palpite é de que seja por volta de 800 a.C.. Seria de se imaginar que este seria o mais fácil dos três bilhetes para mim, mas a língua tinha tantos dialetos e não há muito por aí. Conheço alguém em Glastonbury, entretanto..."

Ele se encolheu sob meu olhar, mas continuou: "E eu vou vê-lo nesta viagem, na verdade."

"Por causa da peça de Avebury?"

Ele assentiu. "Também mármore, como eu disse. Espero que seja tão antigo quanto a peça Wessex. Há uma inscrição nele, eu acredito, mas, aparentemente, é tão velho e gasto que quase não é decifrável. É por isso que preciso dele. Ele sabe o suficiente sobre o idioma para reunir as pistas mais rudimentares". Ele fez uma pausa e me considerou: "Por que você não vem comigo... E traz seu bilhete?"

Antes que a recusa deixasse meus lábios, hesitei. Fiquei tentada com a possibilidade de resolver pelo menos parte do enigma. Elliot não esperou muito por uma resposta. "Poderíamos ficar em Avebury esta noite e partir para Glastonbury pela manhã."

"Estou a caminho de Bath... Para uma conferência", disse eu, um tanto debilmente.

"Quartos separados, é claro."

CAPÍTULO VINTE E SETE

Embora sua garantia galante fosse um incentivo, lembrei-me de que sabia muito pouco sobre aquele homem. Como poderia simplesmente descer do ônibus com ele, quartos separados ou não? Tentei me imaginar me explicando para Madeleine, mas só conseguia pensar nos olhares apaixonados que ela e Carlo estariam trocando.

"Ok," eu disse de repente e me surpreendendo. "Quartos separados e amanhã vamos para Glastonbury".

Sua boca se curvou em um sorriso que eu esperava que não fosse malicioso. "Ótimo." disse ele, dando tapinhas no meu joelho e me perguntei se estava cometendo um erro.

"Avebury é a próxima parada", disse ele, retirando a mão e levantando-se para pegar sua bolsa no armário superior.

"A propósito", eu disse, "por que o ônibus, em vez de dirigir?"

Ele olhou para baixo entre seus braços. "Um pequeno problema de beber e dirigir".

"Entendi." Meu coração estava batendo forte quando peguei minha mala de mão. Olhei pela janela esperando alguma confirmação nas nuvens do que estava prestes a fazer. Fazia apenas uma hora desde que eu inocentemente havia estudado sua formação?

O ônibus parou no meio-fio do que alguns chamariam de uma rua pitoresca. Fomos as únicas pessoas a descer e o motorista lançou-me um olhar compreensivo e desaprovador ao entregar-me a minha mala. Ele sabia muito bem que meu destino era Bath. Quando o ônibus se afastou, levando com ele a minha mudança de ideia, fomos deixados um de frente para o outro.

De pé, meu estranho era mais alto e magro do que eu pensava. De cara, sem o pano de fundo de vinil vermelho dos assentos do ônibus, ele era menos robusto e menos autoconfiante. Uma névoa de garoa caiu sobre nós e pareceu lavar nossas pretensões. Ele também estava olhando para mim como se tivesse acabado de me ver. Eu podia sentir meu cabelo começando a ficar liso em volta do meu rosto de uma maneira que minha mãe chamaria de "imprópria."

Elliot estendeu a mão e segurou meu queixo.

"Ok?"

Na minha visão periférica, não havia nada além de cinza, e pensei em outra época em que estava com um homem na chuva, e nos sentimos como as únicas pessoas vivas.

"Por aqui," disse ele, pegando minha mala e parando para considerar o tráfego inexistente antes de atravessar a rua.

Eu andei alguns passos atrás dele, me perguntando por que o ônibus havia nos deixado tão longe da cidade, até que percebi que estávamos em seu centro. Avebury parecia ter se perdido - uma dispersão de lojas e casas sem nenhum planejamento. Os prédios estavam sem cor e pareciam surpreendentemente empoeirados em um dia tão úmido. Vários carros estavam estacionados na rua principal, mas fora isso, a única vida que se via eram algumas ovelhas pastando perto da estrada atrás de uma cerca de arame farpado. Elliot deve ter lido meus pensamentos; ele se virou para mim e fez uma careta.

"Não fica muito melhor, infelizmente."

Encolhi os ombros como se isso não importasse, como se tivesse um espírito livre e adaptável. Mas essa era Madeleine. Eu coloquei minha mão sobre o bolso da minha bolsa, me lembrando do porque eu estava lá.

Nós seguimos em frente. Não muito longe na rua, Elliot parou do lado de fora de um prédio de tijolos vermelhos de dois andares sem personalidade ou sinalização.

"É aqui," ele disse, e me deu uma piscadela antes de abrir a pesada porta de carvalho.

Eu não gostava de piscadelas. Elas sempre pareciam tão cheias de sugestões de algo que eu não entendia muito bem. Pensei em como minha mãe às vezes piscava para mim por cima do ombro de meu pai quando ele a abraçava, como se ela e eu fôssemos de alguma forma conspiradores contra ele.

Lá dentro, o hall de entrada e a recepção foram uma surpresa. Apesar do exterior deselegante, o interior era moderno e leve. Em vez do papel de parede floral desgastado que eu estava esperando, as tábuas do assoalho brilhavam com seu lacquê e davam um brilho melado às paredes brancas nuas. Nenhum grande vaso de flores secas na mesa da recepção. Em vez disso, a madeira polida de Oregon no balcão continha apenas um pequeno sino de templo que ficava no centro.

Elliot colocou as malas no chão. Quando ele ergueu a campainha, o badalar ricocheteou nas paredes e no chão. De trás da alcova que cercava a mesa, uma pequena mulher de cabelos grisalhos deu um passo à frente. Quando ela viu Elliot, seu rosto brilhou de prazer.

"Bem-vindo de volta!" Disse ela, com genuíno deleite.

Ele alcançou o balcão e pegou a mão dela.

"Olá, Mabel. Meu deus, você está linda."

Mabel riu. O tilintar que eu esperava do sino.

"Descarado como sempre", disse ela. "O que traz você aqui desta vez?"

Eu me perguntei quantas vezes Elliot havia visitado Avebury. Que tesouros essa região inconsequente escondia?

"Ah, Mabel", ele a repreendeu, "você sabe que eu não posso te contar."

"Vamos ver como sua língua vai ficar solta depois de um ou dois copos."

Os olhos de Mabel se voltaram para os meus.

"Olá, querida."

Elliot se virou de repente como se tivesse esquecido que eu estava atrás dele.

"Desculpe. Mabel, esta é Dana, uma colega de negócios da Austrália. Vou precisar de um quarto extra desta vez."

"Olá... Bem-vinda à nossa linda cidade."

Eu só me lembrava de campos desnudos e ovelhas miseráveis pastando. Eu dei um passo à frente.

"Olá, Mabel... Sim, é linda"

Ela voltou seu olhar para Elliot. "Bem, esta deve ser uma viagem importante", disse ela, virando-se para uma tela de computador que havia sido obscurecida pela mesa. "Dois de solteiro, não é?"

Percebi que sua mão tremia com Parkinson enquanto ela dedilhava o teclado.

"Você está com sorte", disse ela, pressionando *enter* para confirmar nosso lugar. Pelo jeito, esse hotel estava com alta demanda.

"Quartos 9 e 10. Você sabe o caminho, Elliot."

Eu o segui por um lance de escadas estreito que se afastava

do saguão. Sua madeira era mais velha do que a do andar de baixo, mas ricamente polida e um tapete cor de vinho escuro e preto amortecia os sons de nossa deselegante movimentação desajeitada. Em um pequeno patamar, Elliot parou para esperar por mim.

"Linda, não é? Mas não se deixe enganar por esse disfarce. Mabel é realmente uma Miss Marple: sabe de tudo. Tenho certeza que ela vai me interrogar sobre você em algum momento."

"Ela provavelmente já está acostumada com você." Evitei olhar para ele.

"Entendi." Foi dito com bom humor. "Você acha que eu vim até Avebury para encontros? Acredite em mim, posso encontrar lugares melhores".

Continuamos subindo as escadas.

Isso não é da minha conta, disse a mim mesma.

O tapete dividia esquerda e direita ao longo de um corredor onde o tema minimalista continuava. Do lado de fora da porta de um branco brilhante do quarto nove, Elliot esperava com minha mala. Apesar dos meus protestos, ele insistiu em levá-la para dentro "para verificar" se tudo estava em ordem. Quando abri a porta, fui recebido por uma explosão de cores e padrões. O efeito foi chocante e eu engasguei.

"Ah não," Elliot riu, "esqueci de te avisar".

Entramos na década de 1950. Parecia que tudo que eu havia esperado encontrar no hall estava abarrotado nesta sala.

"Eles são todos assim?" Pisquei para afastar uma potencial enxaqueca devido ao choque de estampas: tapete floral vermelho, verde e branco e papel de parede coberto com formas de diamante cuja monotonia era quebrada apenas pelos diferentes tons pastel dos buquês em seu centro. Uma cama de solteiro envolta em uma colcha rosa de veludo ocupava a maior parte do quarto. Uma boneca vestida com um tutu branco estava sentada no meio.

Elliot colocou minha mala no chão. Ele me levou de volta para o corredor e, fora do 10, fez uma pausa antes de destrancá-lo para me dar um olhar de "pronto?". Eu fiquei na porta, atordoada. Embora as paredes brancas continuassem aqui, elas eram emolduradas com uma borda pesada de azul royal e ouro. Perto da janela, de frente para a porta, havia uma grande estátua de bronze e azul de Tutancâmon. Da porta, eu podia ver o banheiro, onde torneiras de latão pendiam de uma bacia de mármore. Um grande espelho dourado refletiu meu espanto e a diversão de Elliot. Por um instante, eu nos observei. Nós não "combinávamos" e o efeito foi preocupante.

"Eles são todos temáticos?" Eu perguntei, virando-me para sair.

"Não venho aqui com tanta frequência para saber, mas suspeito que sim. Por alguma razão, Mabel acha que este quarto combina comigo".

Olhei novamente para seu reflexo e mudei meus olhos para o Tutancâmon . Sim, pensei, posso entender.

"Acho que ela está se referindo ao meu trabalho com antiguidades."

Pega, pude sentir que estava ficando vermelha. Virei bruscamente e quase derrubei um gato preto enorme de cerâmica que estava sentado majestosamente de cócoras perto da porta. Seus olhos verde-jade exibiam um preguiçoso desdém, mas fui atraída pela fenda de suas pupilas. Uma torrente de sangue distorceu momentaneamente minha percepção e parecia que as pupilas dilataram ligeiramente, levando-me para sua escuridão.

"Cuidado." Elliot me abraçou pelos ombros. "Embora o efeito seja vertiginoso, devo admitir que gosto bastante."

No corredor, pedi licença para sair. Eu estava cansada e minha cabeça estava turva, como se eu estivesse prestes a ter uma enxaqueca. Ele se desculpou por ter que manter seu compromisso, mas entraria em contato com seu amigo em Glastonbury, e recomendou que eu almoçasse na casa de chás a três portas dali.

"Há apenas o hotel local para uma refeição esta noite, infelizmente. Te vejo às sete? Você ficará bem durante a tarde?"

Não hesitei em responder afirmativamente e já estava considerando o custo de um táxi para Bath na ausência dele.

No meu quarto, deitei-me na cama flácida coberta com um cobertor rosado. O efeito era reconfortante, como ser embalado no casaco de angorá da minha mãe, embora eu não conseguisse me lembrar dela fazendo isso. Deve ter sido minha tia, que sempre parecia ter fome de nós. As duas mulheres eram tão diferentes, e me perguntei com quem elas se pareciam. Meus avós, que emigraram de Sussex, morreram muito antes de eu nascer, e as poucas anedotas contadas criaram uma composição inadequada deles. A única fotografia de minha avó era de uma garota de aparência severa vestida em renda branca. Lembro que seus olhos estavam escuros e tristes, como se ela não se sentisse confortável na frente da câmera. Uma mulher nervosa, minha mãe diria dela, assustada com tempestades, eletricidade e seus seis filhos. Ela era supersticiosa, sofria de enxaqueca e buscava alívio em fitoterapeutas chineses. Sua orgulhosa gentileza britânica escondia um interesse permanente no ocultismo.

Do meu cobertor aconchegante, observei os detalhes do

quarto. A cama ficava de frente para a janela que brilhava com o orgulho de Mabel, embora pequenas manchas ao longo de sua borda denunciassem sua visão fraca. Pesadas cortinas em listras rosa-vermelho e marfim não tinham poeira em suas dobras, ao contrário das que eu tinha visto em hotéis mais caros. O papel de parede de diamante era liso e cada painel combinava com o seguinte com perfeita precisão, de modo que era difícil encontrar as junções. Ao longo do rodapé, o desgaste havia sido corrigido e repintado com tinta brilhante que destacava a o rosa branco do tapete.

Na parede à direita da cama havia uma pintura do Panteão nos Jardins de Stourhead no inverno. Eu tinha visto suas representações ensolaradas muitas vezes, mas a que mais lembrava era uma tapeçaria pendurada na parede da sala de jantar da casa da minha tia. Quando criança, aquele quarto me deixava melancólica, porque eu sabia que cada um dos meus avós haviam morrido ali. A tapeçaria tornou-se para mim um mausoléu de uma pós-vida inglesa idealizada. Eu desviei o olhar, mas meus olhos foram atraídos para ele novamente. Eu puxei a colcha em volta de mim, cobrindo meus braços e puxando-a ao redor do meu queixo até que me envolveu como uma armadura.

Sob um único raio de sol pintado, a cúpula do Panteão brilhava como a coroa de uma caveira e refletia a luz nos degraus que levavam à sua entrada com pilares. Os jardins e o lago que o cercavam estavam cobertos de neve e amontoados sob as árvores de galhos nus. Nos degraus havia uma pequena marca preta que estragava a beleza imaculada da pintura. Da cama, parecia um grão de sujeira, mas, quando me concentrei nele, ele se moveu. Uma mosca, pensei, mas parecia estar subindo lentamente, parando antes de cada passo. Tirei a colcha e tropecei no sapato enquanto olhava mais de perto. A "mosca" havia sumido. A porta do Panteão estava entreaberta e, por dentro, revelada por uma pincelada fina do pincel do pintor, estava escura e ameaçadora. Voltei para a cama e rolei para longe da pintura e fui em direção ao relógio. Uma e meia. Embora estivesse ficando tarde para o almoço, eu já podia sentir os estágios de desligamento do sono se aproximando.

Em meu sonho, subi os degraus do Panteão de Stourhead, mas as minhas pernas estavam fracas e frágeis. Quando olhei para a pele do dorso das minhas mãos, ela estava seca e cinzenta e caía ao longo dos meus braços. À minha direita, pude sentir a presença de companhia e me virei para ver o gato preto com olhos de jade pisando, e parando, pisando e parando, sempre um passo atrás de mim. Não parecia ter medo de mim, mas queria que eu fosse em frente. Eu também parei e me virei para a cena ao meu redor. A neve caía como a cobertura de um bolo virado às pressas. As fazendas foram abandonadas ao frio e à desolação. Embora meu próprio sangue corresse friamente em minhas veias, meu coração estava queimando de tristeza e dor. Eu havia perdido alguém. Voltei-me novamente para os degraus e os subi dolorosamente, o gato agora se esfregando contra minha perna para me impulsionar. Na porta, o interior era escuro e cavernoso. Não quis entrar, mas me abaixei com esforço até a fria varanda de mármore. Meu companheiro sentou-se sobre as patas traseiras e fechou os olhos. Juntos, esperamos.

CAPÍTULO VINTE E OITO

Um som gutural vindo da minha garganta me acordou e por um momento não consegui determinar onde estava. O relógio marcava três horas. Meio adormecida, meu sonho se repetiu em staccato. Virei-me para olhar a pintura e não consegui afastar a sensação de perda. Lentamente levantei-me e lavei-me no pequeno banheiro que consistia de uma pia de porcelana verde, uma pequena banheira verde com pés em forma de garra e vaso sanitário com assento de madeira escura. Meu rosto estava inchado e pálido no espelho oval de borda dourada acima da pia. Já havia perdido o bronze e os olhos brilhantes saudáveis de Kos e Roma. Sem almoço, me senti tonta e decidi que deveria comer.

Nenhum som vinha do quarto 10 quando passei, e me perguntei se deveria aproveitar a chance e ir embora. Mas eu não era uma prisioneira e Elliot não poderia ser transformado em vilão. Mabel não estava na mesa quando saí. Uma vez na rua, encontrei a casa de chás que Elliot havia sugerido. Cortinas de renda rodeavam as portas e as janelas envidraçadas, e um sino anunciou minha entrada. Uma mulher no final da meia-idade, um borrão de jacinto do cabelo aos chinelos, apareceu atrás do balcão. Ela poderia ser a irmã mais nova de Mabel.

“Olá, querida, o que vai querer? Infelizmente não sobrou muita coisa”.

Fui até o armário de vidro que continha dois pedaços de bolo de baunilha, um biscoito com formato de sorriso e três bolinhos de aparência seca.

"Só chá, por favor... E um scone.”

"É um sotaque australiano que estou ouvindo, querida?”

Eu sorri.

"Já conheci alguns de vocês por aqui," disse ela, abrindo a porta de vidro e pegando um bolinho de aparência lamentável com pegadores.

Minha cabeça começou a girar e me sentei na mesa mais próxima.

"São as pedras, querida.”

Eu puxei minha cabeça da minha mão. "As pedras?” Meu coração batia forte.

“Sim, as Pedras de Avebury. Deve saber sobre elas. Não consigo pensar em nenhum outro motivo para você estar aqui," disse ela com uma risada enquanto desaparecia atrás de uma cortina de plástico.

Momentos depois, ela reapareceu com uma bandeja, e teve muito cuidado ao colocar o bule, a xícara e o pires sobre a mesa.

"Você parece triste, querida" disse ela, colocando um prato de porcelana na minha frente. O scone, acompanhado de geleia e creme, parecia mais apetitoso do que no armário. "Posso ajudar?”

Sua voz e maneiras gentis, e a maneira como o cardigã tricotado à mão apertava os seios lembravam minha tia. Parte de mim ansiava por aninhar minha cabeça naquele mar de malva, para sentir a batida e o calor do coração de outra mulher. Ela colocou a mão enrugada no meu antebraço.

"Nada é tão ruim quanto parece, querida... Isso também passará."

Suas palavras me lembraram de Sophia, de sua sabedoria gentil, e eu me perguntei que dor essa mulher havia enfrentado. Olhei para a aliança de casamento na mão que ainda estava em meu braço. O dourado havia sido atenuado com os pequenos arranhões do tempo e ele parecia estar desaparecendo nas dobras de seu dedo. O marido dela está morto, pensei.

A campainha da porta tocou atrás de mim e ela saiu para atender um novo cliente, dando um tapinha no meu ombro enquanto ia. Coloquei chá de verdade na xícara Royal Doulton, mas não havia coador. "Jacinta" estava em uma conversa profunda lá fora, na rua, então deixei o chá assentar e cutuquei o bolinho com a faca. Quando o abri, seu coração estava úmido e exalava um cheiro morno e pastoso que me fez pensar na cozinha de Sophia e nos scones que a Núcleo havia assado em minha homenagem. Meu telefone vibrou na minha bolsa.

"Oi, Mads."

"Como está Bath? Dee?"

Com alguma vergonha, percebi que poderia ser uma boa mentirosa ao contar histórias sobre minha chegada a Bath e o interior de meu quarto de hotel, com base no Número Nove.

"E você?" Eu estava ansiosa para desviar o foco. "Como está Paris?"

"Tudo está ótimo... Mas estou com saudades".

"Você não precisa dizer isso. Apenas esteja apaixonada e eu vou te ver em alguns dias".

"Na verdade, Carlo e eu pensamos que poderíamos ir até você"...

"Aqui em Bath?" Eu podia sentir a pulsação na minha garganta.

"Bem, se estiver tudo bem para você. Nenhum de nós esteve lá."

"Mas eu não teria tempo para ficar com você... E"...

"Você não precisa. Vamos apenas fazer um tour pela área enquanto você está em palestras e nos encontramos para jantar."

Tentei me assegurar de que tinha todo o direito de mudar meus planos se quisesse, mas isso só me deixou em um estado de pânico mais profundo.

"Ok... Isso seria ótimo. Quando você vem?"

"Amanhã à noite, por volta das seis."

"Amanhã!"

Houve uma pausa do outro lado da linha antes que a voz da minha irmã voltasse, queixosa e repreensiva. "Você não quer que a gente vá".

"Eu quero, eu quero..." Eu estava tropeçando na minha própria culpa. "Será ótimo ver você lá... Aqui".

"Ligarei para você quando estivermos saindo do aeroporto. Vejo você lá."

"Ótimo... Mal posso esperar. Até mais, Mads."

Deus! Eu rugi internamente para o meu bolinho e desliguei o telefone. Coei o resto do chá entre os dentes e poderia ter mordido a lateral da xícara. Jacinta havia retornado e movido sua névoa lilás para minha visão.

"Posso sentar por um momento, querida?"

Meus dentes afiaram para fora da borda da xícara e eu a coloquei delicadamente em seu pires. "Claro."

Jacinta olhou para a xícara inofensiva. "Oh céus." Ela a pegou, colocou-a virada para baixo no pires e girou-a como Sophia e minha tia haviam feito.

Ela ergueu os óculos da corrente de prata manchada em volta do pescoço até os olhos, então estudou a posição das folhas no interior curvo da xícara. Seus lábios franziram ligeiramente e uma ruga se formou em sua testa.

"O que é?" Eu disse, para suas pálpebras azul-claro.

"Morte," disse ela, e olhou para cima. Seus olhos não estavam tristes, mas tranquilos. "Chega para todos nós... De uma forma ou de outra". Ela virou a xícara em um semicírculo, "Há um homem que espera na porta".

"Que porta?"

Jacinta recolocou a xícara no lugar e tirou os óculos do nariz. "Eu não sei, querida," disse ela, tocando a corrente em seu pescoço. Sua expressão ainda estava calma, embora distante, como se ela tivesse esquecido o que acabara de me dizer. Ela sorriu, deu um tapinha no meu braço novamente e se levantou para continuar seu trabalho. Na cortina de plástico, ela se virou para mim.

"Tenha cuidado, querida."

Bobagem supersticiosa, pensei enquanto ela desaparecia. Enfiei o telefone na bolsa e deixei dinheiro suficiente para o chá e a consulta. Na porta, fiz uma pausa, esperando que Jacinta voltasse com o biscoito em forma de sorriso como consolo, mas não havia sinal dela.

Na rua, me perguntei como passar algumas horas antes de encontrar Elliot. Com menos de uma dúzia de lojas, isso testaria minha criatividade. Bem do outro lado da rua havia uma placa com uma seta apontando para a direita em direção às Pedras de Avebury. Atravessei e segui a direção, passando por uma janela de açougueiro resplandecente com sua grama falsa, uma pequena padaria onde o odor de fermento quente vazava pelos poros de sua fachada de tijolos e a pousada onde Elliot e eu jantaríamos mais tarde. Ao contrário dos hotéis rurais em casa, não havia uma varanda funda com filigrana de ferro forjado solta ou ausente. A fáscia de dois andares estava vazia, exceto por pisca-piscas e havia sido recentemente pintada de branco. Minúsculas gotas de tinta seca salpicavam a calçada em frente. Uma placa oscilante identificava-a, sem rodeios, como Pousada Avebury.

Enquanto eu caminhava, tive uma perspectiva diferente da casa de chás de Jacinta: a tinta descascada das paredes externas e as molduras das janelas precisavam de conserto. Atrás do vidro, eu podia ver a névoa malva por trás da veneziana que havia sido puxada para baixo. Imaginei-a se aposentando para uma vida solitária atrás de tiras de plástico, para uma fatia de bolo madeira e chá. Ela procurava o significado da vida no fundo de sua xícara? Mais adiante na rua, a estrada se estreitava. As lojas aqui eram menores e duas eram separadas por um chalé que havia sido transformado em uma pousada mais acolhedora do que a fachada da que estávamos. Eu estava feliz por não estarmos hospedados lá – muito íntimo, e eu nunca passaria por um "colega de negócios".

No final da área comercial, onde a cidade perdia a confiança, havia um monólito de pedra. Eu me deparei com isso tão de repente que fiquei momentaneamente presa no local. Colocada em um plano vertical, antes deveria ter apontado para o céu, mas agora estava desgastado por mil anos de vento e chuva. Sob o céu nublado, era uma figura sombria e, ao me aproximar, percebi que estava andando na ponta dos pés. Havia uma placa a identificando como uma das Pedras de Avebury, mas a presença imponente da rocha exigia algo menos banal. Ao contrário de Stonehenge, eu era capaz de tocá-la e meus dedos a acariciaram como fizeram no Asclepeion e no altar de Minerva.

A estrada serpenteava por campos verdes e planos que se espalhavam amplamente em direção às colinas ao longe. Mais ou menos cem metros adiante, uma segunda pedra podia ser vista à esquerda da estrada e, forçando os olhos, pude distinguir uma terceira. Essas pedras, como Stonehenge, formaram um círculo. Segui ao longo da trilha informal criada pelos pés dos peregrinos e me pensei sobre esses pés ao longo dos anos: descalços, calçados com sandálias e vestidos com tênis de marca. Também me perguntei por que os peregrinos vinham: por curiosidade? Salvação? Ou simplesmente porque as pedras os chamavam como me chamavam agora.

Eu não esperava que o sol fosse se pôr tão cedo atrás das colinas distantes. No meio do caminho entre a segunda e a terceira pedra, me encontrei em um mundo crepuscular de cinza metálico. Até as ervas à beira da estrada que haviam me animado ao longo do caminho pareciam melancólicas agora. A terceira pedra esperou. Corri ao longo do caminho e, quando a alcancei, parei diante de sua sombra longa e indefinida. Era mais alta do que as outras, mais regular, mais majestosa. Sentei-me no pequeno afloramento de sua base, com as costas contra a pedra fria.

Depois dos barulhos de Roma, era difícil de se ajustar ao silêncio denso que pairava sobre os campos. Enquanto me sentava, estava ciente de minha mente gritando seus pensamentos aleatórios. Era por isso que eu preferia as cidades, decidi. Elas ajudavam a bloquear o ruído interno. Com as colinas e campos atrás de mim, olhei para o epicentro do círculo. Desta posição, estava de frente para a cidade e pude ver que havia mais casas em seus fundos. Aqui e ali, as luzes estavam sendo acesas. A vida estava acontecendo nesses lares.

Pensei em Jacinta e Mabel e imaginei que, mesmo que morassem sozinhas, elas tinham um lugar e suas memórias. Pensei em meus pais ainda na casa de nossa família. De minha mãe vasculhando as lembranças de uma vida vivida no brilho do amor de meu pai. De Madeleine criando sua própria beleza, como sempre fizera e, com um aperto no coração, pensei em Julian talvez agora construindo uma vida com outra pessoa. E aqui estava eu sentada aos pés de uma pedra fria em um campo estrangeiro observando suas vidas. Mas, eu me lembrei, há um homem naquelas luzes que estará esperando por mim esta noite e nós conversaremos sobre o dia e, o que vier depois, virá.

A pedra nas minhas costas de repente ficou quente e me virei rapidamente. Na luz que restava, os grãos mais escuros da rocha eram aparentes. Quando olhei mais de perto, consegui distinguir três letras ao nível dos olhos: "S", depois "U", mas a terceira estava a perdida nas sombras.

"SUL". Pensei ter ouvido no vento que agora envolvia minhas orelhas, embora não houvesse nenhum movimento na grama a meus pés. Lembrei-me dos lábios da mulher do meu sonho formando a palavra e olhei novamente para os grãos, "L" agora via claramente.

SUL, SUL, repeti a palavra várias vezes, mas não fazia sentido para mim. Naquele momento, eu me dobrei quando meu abdômen foi dominado por uma cãibra profunda e generalizada. Minha menstruação havia terminado uma semana antes, mas verifiquei se não havia manchas na calcinha. Quando tentei me levantar, a dor me atingiu como uma onda e me sentei novamente. Minha mão procurou pelo meu telefone, mas quando ele ligou, a dor diminuiu. Uma chamada perdida.

"Dee," A voz da minha irmã era uma mistura de irritação e preocupação. "Onde você está?!"

Levantei-me, rígida de frio e comecei a voltar por onde vim, sem dores no abdômen, mas sem fôlego. Embora eu não quisesse retornar a ligação dela, eu sabia que quanto mais atrasasse, pior seria.

"Graças a Deus!" Ela disse imediatamente: "Onde diabos você está?"

"Em Avebury."

"Onde? Você não disse isso mais cedo... O que está acontecendo?"

Fiquei surpresa que ela estivesse tão furiosa e me perguntei se Carlo estaria ao lado dela, andando em círculos e instigando-a. Minha mente ficou confusa com meias verdades. Contei a ela sobre Elliot, embora ele tenha ficado mais velho e trêmulo em minha descrição, o contato em Glastonbury e a possibilidade de resolver o enigma da terceira nota. Não disse a ela que agora estava andando sozinha na escuridão em campos vazios. Tentei acelerar meu passo.

"Quando você planeja estar em Bath, então?" Ela disse em um tom cortante muito semelhante ao de nossa mãe.

"Amanhã à noite... Para vê-la".

"E a conferência?"

"Estarei lá."

Ela deve ter ouvido a finalidade pretendida em meu tom. "Ok." disse ela com mais suavidade, "Vejo você lá." Ela desligou.

Corri em direção às luzes da cidade. Sob o primeiro poste, verifiquei a hora. Eu já estava no campo havia quatro horas e tinha apenas trinta minutos antes de encontrar Elliot. Quando passei pela mesa, Mabel estava sentada em frente ao computador. Realçada sob luzes modernas, seu cabelo era uma auréola branca. Sem levantar os olhos, ela falou baixinho: "Teve um bom dia, querida?"

Parei, sem fôlego por causa da caminhada.

"Mabel, a mulher da casa de chás é sua irmã?"

Sua boca franziu, como a de Jacinta, mas em desaprovação, em vez de concentração. Ela deu uma pequena fungada e sacudiu a cabeça. "Sim", ela disse, ainda sem olhar para mim e clicou o mouse de seu computador com firmeza.

Enquanto subia as escadas, pude ouvir seu suspiro longo e irritado.

Uma luz dourada vazou da fresta da porta de Elliot, e eu passei correndo.

CAPÍTULO VINTE E NOVE

Depois de tomar banho e me vestir, me analisei no longo espelho atrás da porta e fiquei feliz por não ter muitas opções de roupas. Nada ia ficar bom o suficiente, pensei enquanto cutucava e puxava a bainha do meu vestido preto colado.

Sentei-me na cama para vestir a meia-calça preta quando senti as cólicas começarem em um ponto profundo do meu abdômen, depois se espalharem em uma onda que fazia parecer como se algo estivesse sendo esticado. Foi mais rápido do que antes e menos intenso. No banheiro, verifiquei minha calcinha novamente. Nenhum sinal de menstruação, mas a meia-calça ficava desconfortável em volta da minha cintura e eu a tirei. De volta ao quarto, deitei na cama e cutuquei meu abdômen procurando inchaços e me lembrei de que havia feito um exame médico completo apenas um mês antes, mas estes eram alguns sintomas preocupantes.

Quando a dor diminuiu, coloquei saltos pretos e rapidamente enchi minha bolsa com cartão de crédito, dinheiro, brilho labial e pente, e agarrei minha nova jaqueta azul quando saí. Elliot estava se preparando para bater quando abri a porta e arregalou os olhos de surpresa.

"Oláaaaaa," ele disse, com um sorriso apreciativo e me olhou com aquela varredura lenta dos olhos. "Esplêndida."

Ele estava com o rosto limpo e rosado do banho e cheirava a sabonete e uma colônia sutil. A camisa de negócios perfeitamente passada havia sido substituída por uma polo azul royal que realçava seus olhos nórdicos em um efeito impressionante, mesmo na luz fraca do corredor. Ele sabia disso.

"Preparada?" Ele disse, estendendo a mão para pegar a minha. Eu a segurei incerta e puxei a porta atrás de mim, percebendo, ao fazer isso, que havia deixado a chave dentro.

Mabel não estava na mesa. No ar frio do lado de fora, Elliot pegou minha jaqueta e a colocou em volta dos meus ombros. De frente para mim, ele a puxou suavemente sobre meus seios. Eu desviei o olhar.

"Eu não mordo," disse ele com uma risada. "Bem, não com força."

"Como foi seu dia?" Eu disse, aceitando seu braço. Enquanto caminhávamos pela rua, imaginei Mabel na janela. Colega de negócios, de fato.

Do outro lado da rua, Elliot girou nos calcanhares para responder à minha pergunta. "Ahhh ... ainda tenho que usar um pouco de lábia."

Ele deve ser bom nisso, pensei. "Você viu? A votiva?"

"Vi... Um verdadeiro tesouro... Linda". Seu tom era suave e fiquei impressionada com o que parecia ser uma apreciação genuína dos artefatos com os quais ele lidava.

"Eu adoraria ver."

"Você vai... Amanhã".

Passamos pelo açougue, a persiana vermelha fechada sinalizando o fim do dia. A padaria estava fria e sem cheiro. A pousada havia parecido monótona durante o dia, mas agora brilhava com o cordão de luz que emoldurava o edifício. A única janela que dava para a rua brilhava com a iluminação fraca do interior. Do lado de fora, dois homens estavam encostados em um banco, bebendo cerveja em grandes canecas de vidro e rindo. Embora eu nunca tivesse participado da cultura dos pubs na Austrália, agora eu queria encontrar, dentro deste hotel, uma coleção heterogênea de moradores locais ocupando seus respectivos espaços ao redor do bar, e um dono de bar amigável que bateria na bancada ao contar a melhor parte de sua piada no mesmo momento em que nos visse entrar, como em boas-vindas. Mas não havia ninguém no bar e uma garçonete de rosto severo ergueu os olhos quando entramos em uma sala de jantar muito vermelha. Sem falar, ela pegou os cardápios de onde estavam e nos conduziu até uma mesa perto da parede. Enquanto ela caminhava, observei sua camisa branca nova, se não engomada e uma saia preta estava perfeitamente ajustada sobre suas nádegas e a fazia andar rigidamente. Um ditado australiano coloquial veio à mente.

Houve alguma tentativa, no passado, de dar a esta sala uma aparência de opulência, mas o papel de parede vermelho flocado estava começando a descascar ao longo de suas juntas, e várias lâmpadas haviam explodido no lustre que era maior do que o necessário e que pendia precariamente acima de uma mesa para quatro. Cada mesa incluía uma pequena vela aninhada em um suporte de vidro de rubi. O brilho rosado ajudava a suavizar os tons de pele e me perguntei se ajudava a disfarçar manchas teimosas nas toalhas de mesa brancas e rígidas.

Elliot pediu um Pinot noir antes que eu pudesse falar. Irritada, peguei um menu.

"Você vai pedir minha comida também?"

Ele parecia confuso e envergonhado. Lembrei-me de que havia feito Julian parecer assim mais de uma vez, e ele havia sido muito menos merecedor.

"Desculpe." disse eu, e fui sincera.

À luz das velas, os olhos de Elliot pareciam inocentes e suaves. "Sem problemas. Prefere beber outra coisa?"

"Não, um tinto está bom," eu disse. Foi por causa da minha vergonha.

Quando foi trazido à mesa, observei o rótulo de Yarra Valley. Elliot provou e serviu meu vinho com um olhar que foi do copo para o meu rosto, como se ele estivesse administrando o elixir da vida. O tilintar suave dos nossos copos quando se juntaram foi como um beijo e tomei um gole com prazer, lembrando-me da noite anterior, quando me sentei em um restaurante diferente com minha irmã e seu amante. O casal sob a cornucópia veio à mente, o brilho do champanhe e seus olhos. Em meu próprio copo, a luz parecia ter desaparecido.

"O que você fez com seu dia?" ele disse.

A simples familiaridade da pergunta prendeu minha respiração, embora eu não pudesse dizer se seu interesse era genuíno. Contei a ele sobre Jacinta e sobre as Pedras de Avebury, mas não falei sobre como achava que os grãos de rocha escrevessem "SUL" ou como havia imaginado que o vento sussurrara isso em meus ouvidos.

"Minha irmã vai me encontrar em Bath amanhã à noite."

O rosto de Elliot era impassível, mas agora estava confuso.

"Achei que você poderia... Que poderíamos... Ficar em Glastonbury e..."

"Estou indo para uma conferência, Elliot. Depois de nos

encontrarmos com seu contato amanhã, terei que ir embora. A que horas vamos encontrá-lo?"

"Onze horas", disse ele para o papel de parede flocado, depois tomou um gole de vinho. Quando ele recolocou o copo, ele falou com os dedos em um tom monótono. "Eu pego a peça às nove".

"Você pode levá-la?" Eu disse, sentindo uma emoção quente percorrer meu corpo. "Achei que você fosse apenas copiar a inscrição..."

"Sim, não é incomum. Preciso autenticá-la antes de comprar".

Ele encontrou meus olhos e de repente percebi que ele era tão sozinho quanto eu. Resisti ao impulso de estender a mão e tocar a sua, ciente da sedução da luz das velas, do vinho e da companhia atenciosa. "Me conta."

Quando ele falou sobre ter visto a oferta votiva pela primeira vez, havia ficado animado, e o entusiasmo trouxe sangue para seu rosto. "Tenho certeza de que é autêntico. É apenas uma questão de ter provas, para fins de revenda".

"Você acha difícil se separar de alguns dos tesouros que encontra?"

"No início achava, mas você não ganha dinheiro assim. Mas fiquei com alguns dos meus favoritos."

"Que tipo de coisas?"

Ele pensou antes de responder. "Uma coleção ímpar, na verdade, que tem mais apelo estético do que valor monetário. Há um escaravelho egípcio que foi encontrado no local de uma escavação recente".

Pensei no meu próprio, guardado na caixa de joias em casa.

"Por serem bastante comuns, não valem muito dinheiro, mas na época em que o encontrei estava passando por um período difícil e... Simplesmente pareceu me animar".

Percebi que ele ficou deprimido, mas fomos interrompidos pela garçonete.

Enquanto ele pedia seu prato, pensei no que havia dito. "Um período difícil... E recentemente".

A garçonete andou para longe.

"Você está bem agora?" Eu perguntei.

Ele fez uma pausa, "Ah... Estou, eu acho que estou. Um término, acontece."

"Quanto tempo vocês ficaram juntos?"

"Seis anos."

Percebi que ele batia levemente na toalha de mesa com o dedo médio da mão que repousava sobre a mesa. Sem que ele pedisse, contei a ele sobre Julian, sua transferência para Londres e nossa separação.

"Você não conseguiria manter um relacionamento à distância?"

Sua pergunta apunhalou meu coração e minha consciência. As palavras de Julian ecoaram. A ironia é que pensei que seria impossível sustentá-lo, mas aqui estava eu a apenas uma hora de carro dele.

"Você não o superou," disse Elliot calmamente.

Eu podia sentir as lágrimas quentes prontas para fluir, mas cavei minha unha do polegar na palma da minha mão. Eu não conseguia falar. Ele ergueu o copo e ofereceu um brinde. "Parece que temos mais em comum do que pensávamos".

Sobre carne de veado e cogumelos do campo, descobri que Elliot vinha de uma família de classe média e que havia recebido uma bolsa de estudos para estudar história em Cambridge. Eu perguntei a ele por que ele se interessou por antiguidades. Ele ficou vermelho.

"O broche da minha avó. Eu sei, dificilmente pertence à categoria de antiguidade, mas quando eu tinha sete anos, ela me deu e me pediu para cuidar. Eu era um garotinho sério e fiz exatamente isso. Era prateado e cintilava com marcassita. Achei que devia valer uma fortuna, mas, é claro, eram apenas bijuterias. Ela morava sozinha no segundo andar alugado de uma casa em Knightsbridge. A maior parte era uma grande sala de estar, mas era encantadora. Os pisos de madeira sempre pareciam ter sido polidos recentemente e o cheiro suave de cera para pisos permaneceu sendo um aroma favorito para mim. Um grande tapete ocupava a maior parte do espaço. Era azul royal com dourado e, embora eu não consiga me lembrar direito do design, eu não acho que já vi um igual ou tão bonito", ele refletiu. "Minha avó era minimalista". Ele desviou o olhar por um momento, perdido em sua memória e notei que suas orelhas tinham um formato perfeito. "Embora eu duvide que ela se chamasse assim. Havia poucos enfeites e, anos depois que ela morreu, descobri que aqueles que pensei serem feitos de ouro, eram apenas latão". Ele tomou um gole e seus lábios descansaram na borda do copo. Ele os afastou devagar, sedutoramente, "Eram como o broche, não eram feitos da coisa real. Mas o que eu amava em tudo isso, o que amava em minha avó, era sua capacidade de criar beleza no comum".

"É," eu disse, pensando nos jardins de Madeleine e Sophia, e no meu scone minúsculo com sua folha polida feito na cozinha de Sophia. "E ainda assim você trabalha com o que é realmente autêntico. Tenho certeza de que você ficaria infeliz se tivesse sido enganado pela beleza de uma farsa!"

"É verdade, mas acho que o legado da minha avó foi me dar um olhar, uma apreciação pela beleza." Ele fez uma pausa e o ar entre nós parecia estar aquecido por mais do que a vela.

Passei manteiga em um pedaço de pão pelo qual não tinha fome.

Ele continuou: "Minha avó veio de outra época, e o broche era minha conexão com isso. Eu me sinto assim com todas as peças que encontro. Quando eu seguro ou vejo uma peça pela primeira vez, é como se eu tivesse sido catapultado de volta para outra época." Ele olhou para a chama entre nós, quebrando a conexão entre nossos olhos. Com a testa franzida, pude imaginar o garotinho sério embrulhando o broche em um lenço de seda e guardando-o, com ternura, no fundo de uma gaveta.

"E você?" Ele disse gentilmente enquanto olhava para cima. "Por que obstetrícia?"

Abri a boca para dar uma resposta padrão à pergunta que me foi feita muitas vezes, mas não consegui lembrar o que teria dito.

"Você queria mudar o mundo?" Ele perguntou.

"Algo assim. Sem dúvidas, eu queria fazer a diferença... Estar presente no momento do nascimento... Para garantir que todos os bebês, e as mães sob meus cuidados, sobrevivessem e experimentassem um momento positivo e de afirmação da vida".

Na minha mente, as pálpebras de Bonnie se abriram e seus olhos viraram para cima conforme seu corpo começou a arquear na cama. Eu a senti ofegar pelo ar que estava preso em meu próprio peito. Minha mão tremia quando tirei um fio de cabelo do olho. Sem falar, ele se esticou sobre a mesa e pousou a palma na minha outra mão. Senti frio e comecei a tremer. A vela na mesa estremeceu com a minha expiração. Elliot apertou levemente minha mão em apoio.

"Ainda acontece no Ocidente. Mães e bebês morrem. Isso nunca tinha acontecido com você antes?"

"Já, houve outros dois. Um era um bebê com defeitos congênitos graves e, no final, foi uma bênção, e o outro era uma mulher com histórico de doença cardíaca crônica que havia sido advertida contra a gravidez, mas engravidou. Não havia nada de errado com Bonnie de antemão. Foi inesperado."

"O que a autópsia encontrou?"

“Parada cardíaca causada por pré-eclâmpsia.”

"Você foi exonerada?”

"Sim.” Eu ainda podia ver o olhar assustado do marido quando o veredicto foi proferido. Uma mulher parada ao lado dele segurava um bebê que chorava em seus braços. Quando ela olhou para mim, seus olhos se encheram de tristeza. Ela estava segurando o bebê de Bonnie.

Elliot saboreou seu vinho e me acolheu. "Você deve se perdoar, Dana," disse ele, servindo-me outra taça.

À luz da vela, o vinho era da cor do suco da romã, iluminado por dentro por sua própria força vital. Eu tomei um gole e senti a energia correr em minhas veias. Os músculos dos meus ombros começaram a afrouxar e o rosto desse “estranho” tornou-se familiar e reconfortante.

"Você é uma mulher bonita," ele sussurrou através da borda de seu copo. Cílios grandes abanavam seus olhos em movimentos lentos e hipnóticos. Ele se inclinou para mais perto. A luz bruxuleante sob seu queixo lançava sombras profundas ao redor de seus olhos e as cicatrizes de sua adolescência formaram uma paisagem lunar.

Enquanto meu próprio olhar permanecia em seus lábios, me senti como se tivesse sido pega em uma página de um romance romântico. Será que ele me pegaria pela nuca com uma das mãos e me levaria aos lábios? O caloroso prazer da minha excitação me pegou de surpresa.

"Devemos nos retirar para a noite?” Ele disse afastando-se da chama e eu sorri internamente com a expressão.

Mecanicamente, peguei minha bolsa e jaqueta enquanto a garçonete voltava com a conta. Quando saímos para a rua, ele colocou novamente a jaqueta em volta dos meus ombros e cruzou meu braço com o dele. Quando caminhávamos, tínhamos que reajustar nosso ritmo para estarmos em sincronia, e me ocorreu que Julian e eu sempre estivemos no mesmo ritmo. Eu afastei o pensamento e pressionei minha mão no braço de Elliot em busca do músculo sob sua camisa. Ele flexionou e puxou minha mão para mais perto.

Embora fosse cedo, Mabel já havia trancado a porta da frente. Elliot pegou uma chave e fiquei irritada por não ter recebido uma chave minha. Lembrei-me, então, que deixei a chave no meu quarto. Talvez Mabel tivesse dado a chave mestra a Elliot.

"Você não consegue entrar no seu quarto? Que pena".

No topo da escada, me virei rapidamente para captar sua expressão, mas seu rosto estava inexpressivo. Ele se dirigiu para a minha porta e, de costas para mim, lutou com a maçaneta.

"Infelizmente você está trancada para fora."

"E quanto a Mabel? Ela mora por aqui, não mora?"

"Eu não faço ideia." ele disse suavemente, "Nunca precisei procurar. Você vai ter que entrar".

Envergonhada, mas ainda me sentindo lânguida por causa do vinho, dei um passo em sua direção e bati suavemente em seu peito com os punhos. Nós rimos e ele colocou um braço protetor em volta de mim. "Gosto disso," disse ele, guiando-me em direção à sua porta.

Elliot fechou a porta e tirou a jaqueta dos meus ombros. Antes que eu pudesse me mover, suas mãos percorreram meus braços e massagearam suavemente meus músculos. Ele se aproximou e, quando senti seu hálito quente em meu cabelo, depois na minha nuca, recostei-me nele. Uma novela veio espontaneamente em minha mente, embora a realidade fosse mais estranha do que as cenas de sedução escorregadias que eu havia testemunhado. Na verdade, elas haviam me proporcionado um pouco distração nas tardes solitárias dos últimos meses.

Quando suas mãos deslizaram pelos meus braços, fiquei surpresa. Quando me virei, seus lábios estavam se separando. O vinho havia manchado o interior de sua boca, formando um abismo profundo e uma lâmpada bruxuleante do lado de fora da janela capturou o movimento hipnótico de sua língua em rápidos quadros estáticos. Com minha respiração suspensa, me movi em direção a ele, separando meus lábios para recebê-lo. Havia urgência e violência naquele beijo e eu mergulhava e me retirava com prazer e repulsa.

CAPÍTULO TRINTA

De manhã, acordei com o peso do braço de Elliot em minha cintura. Eu escapei debaixo de seu peso morto, tomando cuidado para não acordá-lo, e fui para o banheiro. No espelho, meus olhos estavam com as pálpebras claras e brilhantes, e a cor havia retornado às minhas bochechas em uma explosão alimentada pelo estrogênio. Por um momento, me perguntei se havíamos consumado a paixão da noite anterior, mas me lembrei da cãibra abdominal e da preocupação de Elliot. Ele estava agora profundamente adormecido e experimentava uma conversão angelical na luz constante da manhã.

O relógio ao lado da cama marcava sete e meia e me perguntei se Mabel já estava na mesa. Meu vestido estava amassado sob os cobertores e, quando o vesti, fiz uma débil tentativa de endireitá-lo. Mabel não se deixaria enganar. De debaixo da cama, peguei minha bolsa e sapatos, passei desafiadoramente pelo gato abissínio de cerâmica e fechei a porta atrás de mim. Quando tentei abrir a maçaneta do meu quarto, ela se abriu com facilidade. Sob o chuveiro, deixei a água escorrer por toda a extensão da minha espinha enquanto cutucava meu abdômen, pressionando sob a caixa torácica em direção ao fígado e para baixo na boca da minha virilha. Não havia sensibilidade e me sentia melhor do que me sentia há algum tempo.

Eu me vesti lentamente, pensando em Elliot e me perguntando como ele estaria esta manhã. Quando fiz minha mala, verifiquei o telefone. Uma chamada perdida: Julian. Meus dedos se atrapalharam enquanto recuperava a mensagem, e minha mão tremia quando a levei ao ouvido.

"Dana... é Julian".

Houve uma pausa.

"Só estou ligando... Para ver como você está".

Outra pausa.

"Dana..." Sua voz era suave e queixosa, e eu esperei.

"Vou tentar ligar de novo mais tarde".

Ouvi a mensagem de novo, ouvindo seu tom e ainda mais os silêncios, mas não significavam nada. A câibra voltou e eu deitei na cama e fechei os olhos.

"Dana... Dana..." Julian estava me ligando e eu estava procurando quartos em uma casa escura e cavernosa, guiada apenas pelo som de suas batidas. Abri porta após porta, mas dentro havia apenas quartos sem janelas e cantos sinistros e escuros. Suas batidas tornaram-se mais urgentes e eu me arrastei ao longo de corredores escorregadios em direção a uma fenda de luz que parecia estar em um ângulo alto acima de mim. Quando cheguei mais perto, o tom de sua voz mudou.

"Dana... Dana..." Corri para a porta do meu quarto de 1950, tropeçando na minha bolsa em uma névoa induzida pelo sono. Elliot estava parado do outro lado.

"Você está bem"?

"Sim, obrigada." Tentei esconder minha decepção e juntei minhas coisas.

Ele não mencionou a noite anterior e nem eu. Na mesa, Mabel estava polindo o balcão com vigor. Quando ela olhou para cima, ela cumprimentou Elliot com um sorriso.

"Você acordou cedo. Então... Quando teremos o prazer de sua companhia novamente?"

"Não por um tempo, infelizmente, a menos que haja algo em que eu possa estar interessado."

Ela olhou além dele para mim e estava prestes a falar, mas pareceu pensar melhor. Eu dei um passo à frente enquanto Elliot estava pegando sua carteira.

"Eu fecharei minha conta também, Mabel," eu disse.

Ela olhou para ele.

Elliot se virou para mim. "Por favor, Dana, você está aqui a meu convite. Afinal, eu tirei você do seu caminho."

Mabel sacudiu um pouco de poeira no balcão, seu rosto assumindo uma expressão de expectativa divertida enquanto esperava. Tentei recusar a oferta de Elliot, mas desisti sob sua insistência.

"Prazer em conhecê-la, querida," ela disse quando tudo estava resolvido, e nós pegamos nossas malas. "Espero que tenha aproveitado"

Na rua enevoada, o táxi, um Humber vintage preto, estava esperando. Quando nos acomodamos no banco de trás, Elliot falou com o motorista, que ele parecia conhecer, e depois se virou para mim enquanto colocava a pasta a seus pés. "Ainda está decidida a ir?"

"Estou", eu disse, "com certeza"

Ainda não havíamos mencionado a noite anterior e me perguntei se Elliot realmente acreditava no meu desconforto físico. Eu descansei minha mão em seu braço como forma de garantia e, talvez, um pedido de desculpas. Ele retribuiu o gesto com um tapinha de "não se preocupe com isso" enquanto o táxi se afastava do meio-fio.

O interior da cabine parecia desproporcionalmente grande comparado ao lado de fora. Os assentos eram de um couro marrom-escuro gasto. Um vidro deslizante nos separava do motorista, que usava um chapéu enorme que cobria as orelhas. Eu torcia pra que ele pudesse ver além da aba. Saímos de Avebury pela rua principal e ao longo da estrada que eu havia percorrido no dia anterior, passando pelas pedras que pareciam sombras fantasmagóricas na névoa.

"Quanto tempo até Glastonbury?" Eu perguntei, quando entramos na rodovia.

"Cerca de meia hora," disse Elliot.

"Você já está com a peça?" Eu disse, olhando para a pasta dele.

Com cuidado, ele a colocou nos joelhos e o clique das fechaduras quando elas abriram soou portentoso.

Sem dizer uma palavra, ele pegou um pacote embrulhado em plástico bolha que era pequeno o suficiente para caber em uma mão. Ele colocou a pasta de volta no chão e colocou o pacote no colo, desembrulhando-o com o cuidado lento de um pai amoroso. Quando ele o ergueu, pensei no momento em que apresentava um filho recém-nascido aos pais. Mesmo o mais simples, como esta velha peça diante de mim, inspirava amor.

A votiva era simples: uma mulher agachada enquanto dava à luz . Elliot me ofereceu a peça e eu coloquei minhas mãos em concha para recebê-la, surpresa com seu peso. Os olhos e a boca fechados da mulher formavam rugas únicas e os anos de desgaste haviam trazido um sorriso ao rosto fixo e determinado. Seu corpo curto e grosso estava nu, e seus braços e mãos tortos haviam sido moldados em coxas dobradas. Entre as pernas, a vulva estava inchada em torno da protuberância da coroa de um bebê. Embora a peça estivesse coberta de sedimento mineralizado, seus seios redondos e a vulva brilhavam com o mármore branco liso abaixo. Passei o polegar sobre eles e imaginei uma mulher, em um passado distante, fazendo o mesmo. Quando a virei para que ela descansasse de bruços na minha palma, vi a inscrição em suas costas. Consistia em sete símbolos - traços verticais, letras semi-formadas e círculos, todos os quais reconheci pelo último dos meus bilhetes.

"Quantos anos você acha que tem?"

Elliot estava quieto ao meu lado e parecia estar perdido em seus próprios pensamentos. "Eu diria que é de por volta de 800 AC"

"Isso é mais velho do que Hipócrates... Tão velho quanto Asclépio," eu disse, pensando em voz alta. "Quem você pensa que ela é?"

"Diga o nome da deusa da terra." Ele estendeu a mão. "Havia muitas naquela época, mas depende de onde essa veio".

Relutantemente, devolvi. "E você acha que seu contato em Glastonbury saberá?"

"Não necessariamente, mas se ele puder traduzir os símbolos, já vai ajudar.". Ele a colocou de volta na pasta.

"Qual é o seu pressentimento?"

Ele apertou as fechaduras com firmeza e olhou diretamente para mim com tristeza. "Que você ainda está apaixonada".

Afundei no assento, sem saber o que dizer. Meus lábios fizeram um esforço para negar, mas eles haviam perdido a energia.

Elliot se virou para mim: "Está tudo bem, Dana. Eu sei como você se sente.".

CAPÍTULO TRINTA E UM

Na estrada para Glastonbury, eu entendi que, apesar de toda a bravata e conversa mansa de Elliot, ele estava de luto por uma mulher que, ao que parecia, não se importava mais. Peguei sua mão. Ele aceitou a minha e, juntos, ficamos sentados em silêncio pelos últimos dez minutos de viagem. Lembrei-me de um amigo do intervalo da escola em nosso primeiro dia de aula e nas várias semanas que se seguiram. Todos os dias, nos encontrávamos na hora do almoço e dávamos as mãos. Ele se tornou um pirralho desagradável não muito tempo depois e perdeu o interesse por mim, mas eu ainda me lembrava do conforto que tínhamos um no outro enquanto resistíamos à tempestade de nossas novas vidas.

Os arredores de Glastonbury eram como os da maioria das cidades que eu tinha visto. Casas reformadas e abandonadas ficavam lado a lado, as primeiras mostrando às últimas o que poderiam ser. Eu esperava ver mais jovens com cabelos tingidos e roupas alternativas, como veria se estivesse me aproximando de Byron Bay, mas parecia haver principalmente conservadores de meia-idade.

O coração da cidade, por outro lado, era como o esperado. Enquanto nosso motorista seguia as instruções de Elliot, as lojas exibiam seus produtos em cores tecnológicas, mas, em uma rua relativamente tranquila, Elliot pediu ao motorista para parar. Ele acenou com a cabeça em direção a uma loja de fachada única com uma cadeira lindamente estofada na vitrine. Acima da porta, uma placa oscilante dizia "Encoberto". Fiquei intrigada, mas, depois de pagar o taxista, Elliot estava segurando a porta aberta para mim.

Pegamos nossas malas no porta-malas e paramos na frente da loja enquanto o táxi partia. Elliot bateu e, enquanto esperávamos, notei o padrão intrincado complexo do tecido da cadeira, uma folha de ouro fina contra uma camurça verde oliva. Uma mariposa morta estava presa na dobra do assento. Houve um som arrastado atrás da porta e uma senhora idosa a abriu com esforço, piscando para a luz do dia. Seu rosto, emoldurado por mechas de cabelo branco, era fortemente enrugado e pó facial aplicado às pressas acentuava os poros de seu nariz e bochechas. Ajustadas à luz, suas íris eram pequenas centáureas azuis e, por um momento, me perguntei se ela também era parente de Jacinta e Mabel. Ela olhou para Elliot e parou um pouco enquanto seus neurônios disparavam lentamente.

"Olá, Deirdre," disse ele.

Sorri ao pensar que o Elliot sensual e de sangue quente parecia ser íntimo de uma série de senhoras idosas.

"Elliot!" Havia uma melodia no sotaque galês de sua voz. Quando ela sorriu para ele, pude ver a jovem garota que tinha sido. Assim como Mabel, ela demorou a perceber minha presença e me perguntei se as "garotas interiores" das duas mulheres ainda eram namoradoras vibrantes.

"Olá," eu disse, "sou Dana, colega de trabalho de Elliot". Eu podia sentir a diversão de Elliot ao meu lado.

"Bem-vinda, Dana," disse ela, dando um passo para o lado de costas para a porta aberta. "Clive está esperando vocês dois.".

Elliot caminhou propositalmente pelo estreito corredor e eu o segui. Em uma sala sem janelas iluminada por uma única lâmpada pendurada no teto, um homem idoso estava sentado à mesa da cozinha. Ele usava um suéter de tricô azul marinho e seu cabelo branco estava preso em um rabo de cavalo longo e fino. Ele parecia não perceber nossa presença e continuou a folhear as amostras no livro de estofados à sua frente, parando para anotar alguns detalhes em um caderno escolar.

"Clive!" O esforço de Deirdre para acordá-lo me assustou. "Surdo como uma porta".

Quando ele olhou para cima, seu rosto tinha o mesmo formato que o dela, embora o branco de sua barba e bigode acentuasse o azul de seus olhos. Ao ver Elliot, deu um tapa na mesa em prazer e, com a agilidade de um jovem, saltou para nos cumprimentar. Fomos apresentados e, dando um tapinha no braço de Elliot quando ele passou por ele, ele agarrou minha mão.

"Bem-vinda, Dana". E em sua bela cadência galesa, senti que meu nome havia sido realmente pronunciado. "Ora, ora, você é uma beleza", disse ele. Parecia que o jovem interior de Clive também era de flerte.

"Perdoe meu irmão", Deirdre disse atrás de mim. "Ele é só galanteios... Ou pelo menos foi o que me disseram".

Clive vaiou e apertou minha mão com mais força. "Nem só galanteios," ele disse com uma risada. "Ela está apenas perguntando às mulheres erradas".

Ele me indicou uma cadeira à mesa. Elliot já estava sentado e nos observava com diversão irônica enquanto destrancava a pasta em seu colo. Clive ainda estava rindo para si mesmo, mas ficou sério rapidamente quando viu a mulher de mármore na mesa. Ele se sentou em silêncio, respeitosamente e, em resposta às suas sobrancelhas questionadoras, Elliot a entregou a ele. Deirdre foi para a próxima sala que, pelos ecos de seus movimentos em superfícies duras, presumi ser a cozinha.

"Ohhh," Clive segurou a mulher na palma de uma mão e acariciou seus seios de mármore. Gentilmente, ele a virou e sentiu a superfície áspera onde estava a inscrição. Ele ergueu os óculos que estavam pendurados no pescoço até o nariz e a expressão enrugada de concentração o fez parecer um homem muito mais velho - um Merlin com rabo de cavalo. Sem falar com nenhum de nós, ele abriu uma nova página no caderno e começou a reproduzir os símbolos da inscrição.

Perto de mim, pude sentir a suspensão da respiração de Elliot e olhei para ele. Seu rosto estava tenso e pálido e, sob a luz forte da lâmpada , as marcas de sua pele criavam bolinhas sombreadas. Pensei no adolescente Elliot, como ele teria lidado com ser ridicularizado quando sua pele estava em carne viva. Havia um lado nele, uma defensiva e vulnerabilidade por baixo de sua confiança, e eu me perguntava se minha "rejeição" havia sido aceita com uma resignação adolescente. Quando Clive terminou de transcrever, ele colocou a mulher na mesa para me encarar. Entre suas pernas, a vulva inchada estava sombreada e a coroa do bebê, tão lisa quanto os seios da mãe, brilhava sob a luz. Ele apontou para os primeiros dois símbolos. "Grande mãe", disse ele, olhando para nós por cima da borda dos óculos. Ele olhou de volta para o livro e apontou para o próximo símbolo - uma linha horizontal ondulada. "'Das águas'... Uma tradução básica da minha parte". Ele tirou os óculos do nariz e os deixou pendurados. "O resto da inscrição está muito gasta para ler, mas meu palpite é que é uma invocação bastante comum".

"Tem quantos anos?" Elliot estava inclinado para a frente.

"Cerca de 800, mais ou menos 100 anos de qualquer maneira."

"Eu sabia!" Elliot estava radiante. Ele era bom, eu tinha que admitir. Quando olhei para cima, ele sorriu para mim com um prazer infantil.

"Quem é ela?" Eu disse a Clive.

"Essa mulher? Apenas uma mãe dando à luz"...

"Quem é a Grande Mãe das Águas?"

Ele considerou antes de falar. "Pode ser Brigite - ela era uma divindade importante na época - mas acho que é mais provável que Sul... Sim, Sul".

Ambos os homens ouviram meu suspiro. A saliva ficou presa no fundo da minha garganta e tossi violentamente. Elliot estava fora de sua cadeira me dando tapinhas nas costas enquanto Deirdre voltava com um copo d'água. Clive não se moveu, mas parecia estar me avaliando com profundo interesse. "Você está chocada. Por que? Você conhece nossa Sulis?"

"Não." Eu balancei minha cabeça enquanto bebia a água. "Quem é ela?"

Ele não pareceu convencido e continuou a me observar de perto. "Ela é uma deusa dos druidas... Da cura e da fertilidade, semelhante à egípcia Ísis ou à grega Deméter. Seu templo ficava em Bath, na primavera que existia ali. Os romanos, é claro, tomaram conta do local para suas termas".

Elliot me lançou um olhar e pude ver a conexão mental que ele estava fazendo. "Você tem o bilhete?" E então para Clive: "Aquele que mencionei no telefone.".

Peguei a terceira carta da minha bolsa e deslizei sobre a mesa na direção de Clive. Suas sobrancelhas selvagens se ergueram enquanto ele colocava os óculos na ponta do nariz. Ele a desdobrou e a segurou próximo, seu rosto novamente apontado em concentração. Deirdre, com um pano de prato ainda na mão, ficou atrás dele olhando por cima do ombro. Ambos estavam com a cabeça ligeiramente inclinada para a esquerda e, naquele momento, não pude deixar de notar que eram gêmeos.

Clive colocou a nota sobre a mesa e achatou-a para que pudéssemos ver para onde ele estava apontando.

"Mais uma vez, vemos a referência, 'Grande Mãe das Águas... Volte'... não, 'Traga para mim', não, 'leve-me para', não tenho certeza, mas pode ser 'nova vida'. "A Grande Mãe das Águas me traz uma nova vida". Uma ordem incomum para uma invocação de fertilidade. Normalmente seria: 'Traga-me uma nova vida'. Talvez seja um erro. De onde veio isso"?

Eu balancei minha cabeça e Elliot o contou sobre a história das cartas.

"Quem quer que tenha escrito isso", disse Clive, dobrando a carta, "têm conhecimento". Ele o entregou para mim. "E você não faz ideia?"

"Não", disse eu, "e não consigo imaginar quem poderia ser".

"Alguém está tentando te dizer algo, Dana. Os deuses estão falando com você".

Soltei uma risada espontânea que foi muito alta, quase maníaca.

"Pode me chamar de excêntrico, mas é nisso que acredito", disse ele, inclinando-se para mim, "mas eu moro em Glastonbury.". Ele riu e recostou-se na cadeira, ao mesmo tempo trocando um olhar com a irmã.

"Mas só estou indo a Bath para uma conferência", disse eu, não com tanta convicção quanto queria.

Deirdre sorriu e me deu um tapinha no ombro como Jacinta havia feito ao voltar para a cozinha. Clive e Elliot retomaram a discussão sobre a mulher de mármore que se agachava entre nós no que agora parecia uma postura ridícula. Tentei me convencer de que estava simplesmente a caminho de uma conferência em Bath. Clive poderia inventar todos os motivos de que gostasse, mas não havia nada além disso.

Especulações e teorias não comprovadas me cercavam como uma névoa densa e eu estava começando a me sentir agitada. Eu queria jogar as notas fora. Eu queria dissipar as visões e sonhos fantásticos que estava tendo. Eu queria falar sobre dados quantitativos. Sobre os níveis de ocitocina e formas de reduzir os riscos da anestesia. Eu queria ir embora. De repente, ansiava pela racionalidade da ciência. Eu deveria estar em Bath, disse a mim mesma.

Elliot deve ter percebido minha agitação. Enquanto Clive falava, ele colocou a mulher cuidadosamente de volta em sua maleta e se levantou. "Temos que ir," disse ele. O homem mais velho se levantou sem esforço, apertou sua mão e o abraçou.

"É sempre um prazer, Elliot". Clive estendeu o braço para me envolver e eu obedeci. A grosseria e o cheiro de seu suéter de lã me lembraram de meu pai, e fiquei um pouco no conforto de seu braço. "Não descarte todas as possibilidades", disse ele, se afastando para me olhar nos olhos. "Sul espera".

Eu queria ignorar isso, mas havia uma autoridade sobre Clive que minou minha racionalidade. Deirdre voltou e ficou surpresa ao ver que estávamos indo embora. "Eu estava prestes a fazer um chá. Você não vai ficar"?

Elliot pegou a mão dela. "Nós adoraríamos, mas talvez da próxima".

"Seria ótimo". Ela liderou o caminho pelo corredor.

Quando saímos para a rua e nos viramos para nos despedir, irmão e irmã pararam na porta. Em uníssono, eles levantaram a mão para acenar e desapareceram atrás da porta.

Na rua de paralelepípedos, me virei para Elliot. "Onde posso pegar um ônibus para Bath?"

Ele não respondeu imediatamente, mas acenou com a cabeça para a direita da pista.

"Por aqui," disse ele. Ele não estava olhando para mim, mas estava andando à frente, falando por cima do ombro. De repente, ele parou e esperou que eu o alcançasse. "Dana, você não vai ficar?" Aqueles belos cílios roçaram seus olhos em movimentos lentos e, apesar do frio da manhã, seu rosto estava vermelho. Por um momento, hesitei.

"Eu tenho que ir, Elliot."

Ele se levantou, olhando para os sapatos e, em seguida, enfiou a mão na jaqueta. "Um táxi," disse ele, pegando seu telefone.

Eu teria discutido, mas queria ir embora, e rapidamente.

Não estávamos mais longe do que o fim da pista quando o táxi de Avebury parou.

"Este é o seu carro particular?"

Ele encolheu os ombros e sorriu enquanto segurava a porta aberta. Quando ele não entrou, senti uma leve pressão de pânico. Ele se inclinou e, segurando meu queixo gentilmente entre os dedos, cobriu meu rosto com beijos suaves.

"Obrigado," ele sussurrou perto do meu ouvido. "Cuide dela, Harold," disse ele ao motorista.

Eu agarrei seu braço quando ele se retirou, mas minha garganta apertou e eu fiz um som inadequado de adeus. Quando ele falou com o motorista, voltou para a minha janela e fez um gesto cômico de apelo que me fez rir. Quando o táxi partiu, seu sorriso desapareceu e ele se virou de repente. Quando olhei para trás, ele estava se afastando, a mulher agachada em sua maleta ao lado dele.

CAPÍTULO TRINTA E DOIS

BATH

A viagem de Glastonbury a Bath foi imemorável, embora os campos fossem mais verdes do que os de Avebury. Eu precisava de uma distração, mas o motorista não gostava de conversar e minhas escassas tentativas foram respondidas com um simples: "Sim, senhora". O zumbido silencioso do motor e a mesmice do cenário intensificaram meus pensamentos de Elliot indo embora.

Fragmentos dos dias anteriores me visitaram: a tensão fraterna entre Jacinta e Mabel, e me perguntei se o mesmo potencial existia entre Madeleine e eu, o padrão repetido entre Deirdre e Clive, embora talvez alterado pela diferença de gênero. O Panteão Stourhead e o gato abissínio que guardava a porta. As pequenas cidades passavam em semelhança hipnótica e me levavam mais longe em meus pensamentos. As pedras de Avebury, como fantasmas dentro dos campos interagiram com outras imagens - de "SUL" riscado na pedra e sussurrado ao vento. A mulher agachada no parto apelando para a Grande Mãe das Águas, e o olhar sábio nos olhos de Clive quando ele traduziu a nota.

Elliot adentrou o aglomerado de imagens e eu tentei e não consegui fechar minha mente contra ele. O atrevido Elliot do ônibus foi substituído por uma versão mais humilde, o piscar lento de seus cílios agora interpretado como vulnerabilidade, em vez de uma trapaça. Lembrei-me também de como ele foi gentil quando fui tomada pela dor e me perguntei se ele estava aliviado por não termos feito amor. Na verdade, não tinha certeza se eu estava aliviada ou não. Embora eu soubesse que não devia lealdade a Julian agora, ainda sentia que devia.

Fechei os olhos e ouvi o bater rítmico dos pneus no betume corrugado e senti sua respiração em meu ouvido. "Obrigado... Obrigado". As palavras repetiam, mas a cada repetição, o sotaque mudou até se tornar a voz de Julian, agora chamando meu nome.

Ao meu lado, as vibrações do meu telefone na minha bolsa me trouxeram para o presente.

"Julian?"

"Olá, Dana".

Entre nossas respirações suspensas, o silêncio formou um abismo profundo.

"Como você está", disse ele finalmente.

Ainda assim, eu não conseguia falar.

"Dana?"

"Estou bem, e você"?

Houve uma pausa. "Onde você está?"

“A caminho de Bath”.

"Está tudo bem"?

Senti uma onda de culpa, mas me lembrei de que minha vida não era mais problema dele.

"Sim, por que?"

"É que..."

Eu entendi claramente. "Você têm falado com Madeleine".

"Sim. Ela estava preocupada..."

Minha culpa se transformou em uma raiva moderada. "Ela não tinha o direito de ligar para você... E, a propósito, por que você está ligando?"

Houve silêncio do outro lado até ele falar. "Sinto muito, mas também estava preocupado. Madeleine disse que era pra você estar em Bath, mas..."

Tentei suprimir a raiva em minha voz: "Então, ela disse onde estou e por que?"

Ele ficou em silêncio, então: "Não disse tudo isso".

"Bem, eu terminei o que precisava agora", eu disse rápido demais, "e estou a caminho da conferência. Eu ainda vou encontrá-los como planejado."

"Dana," disse Julian suavemente, "está tudo bem entre nós?"

Eu não sabia o que responder a ele. Elliot havia dito que eu ainda estava apaixonada por Julian. Madeleine disse que ele ainda me amava.

"Sim," eu disse, me perguntando onde nós realmente estávamos um com o outro. "Por que não estaria? Nós dois seguimos em frente, não é?"

As palavras atingiram o ar de forma discordante enquanto saíam da minha boca.

"Entendi," disse Julian, sua voz, em contraste com a minha, suave e medido.

"Eu vi você em Roma," eu disse.

"Em Roma? Mas..." De repente, ele não parecia tão no controle. "Dana... Madeleine disse que você está... Exausta... E..."

"Eu vi você em Roma, Julian, com seus amigos e... Está tudo bem... Estou saindo com alguém agora."

Parecia que todos os glóbulos vermelhos correram em meu auxílio. Eu respirei minha mentira profundamente.

"Ele está com você agora?"

"Não, ele tem trabalho..." Eu estava ficando enrolada. "Eu o verei depois da conferência".

"Madeleine não comentou..."

"Não entendo por que ela precisaria".

"Claro que não. É bom que você esteja se sentindo melhor agora".

Eu estava me sentindo melhor? Se Julian pensasse assim e desligasse agora, eu sentia que perderia minha única tábua de salvação, por mais desgastada que estivesse, mas me lembrei de que ele tinha uma nova vida e não queria me tornar um objeto de sua pena.

"Sim, estou me sentindo bem agora. Elliot", eu disse e, enquanto pronunciava o nome, senti que havia rompido o último fio da meada, "tem sido maravilhoso". Eu tremia, pelas mentiras, pelo medo e pela sensação iminente do que estava prestes a perder.

"Estou feliz por você, Dana."

Isso era um alívio para ele? Ele poderia dar de ombros agora e continuar com sua vida? Fiquei abalada e muda, com medo de me entregar.

"A propósito", disse ele, "recebi sua carta... Obrigado".

Quase me esqueci da carta. O que eu havia dito naquela época, em Kos? Agora parecia uma vida atrás. Foi escrito antes de eu vê-lo em Roma, antes de saber que ele estava seguindo com sua vida. "Eu estava mal, mentalmente, Julian".

"Entendi".

Novamente, o abismo. Eu procurei por pistas de suas emoções.

"Bem," ele disse lentamente, "eu preciso desligar. Eu só queria ter certeza de que você estava bem... E você está, o que é bom".

"Sim, estou bem".

"Adeus, Dana".

Eu podia sentir ele se afastando. Eu queria estender a mão pelo telefone e segurá-lo ali.

"Adeus, Julian".

Quando desliguei o telefone com a mão trêmula, olhei para o couro enrugado e pálido do assento da frente.

"Você está bem, senhora?" A voz de Harold me sacudiu.

"Sim, obrigada... falta muito?"

"Não estamos longe agora, senhora, cerca de 20 minutos".

Olhei pela janela e vi que a terra formavam ondas suaves e havia uma sensação de escalada - nas sete colinas de Bath. Espalhadas pelas colinas, havia casas grandes e imponentes, o equivalente inglês das vilas romanas onde Sophia vivia, embora parecessem terem sido construídas para capturar o máximo de luz solar possível. Embora fosse meio-dia, o sol da manhã era como um vapor que se agarrava suavemente às árvores e deslizava facilmente pelas grandes janelas de vidros duplos. Atrás de uma, pude ver o corpo inteiro de uma mulher olhando para as colinas. Ela parece solitária, pensei, mas quase na hora um homem se postou ao lado dela e passou o braço em volta de sua cintura. Queria, então, voltar para casa, para a claridade do sol australiano e a intensidade ofuscante de seus verões, ao ar que crepitava de calor radiante e o estalar das cigarras exaustas estendidas entre os galhos de eucalipto sob meus pés.

Vinte minutos depois, conforme prometido, começamos nossa descida. Harold inclinou a cabeça em minha direção.

"Bath, senhora", disse ele, e eu reconheci que ele disse isso com grande orgulho.

Diante de mim, a cidade se espalhava de um coração cheio de nós ao longo das artérias das estradas e das colinas. Mesmo à distância, eu podia sentir o esplendor de Bath, como se soubesse que era uma cidade abençoada.

O Humber desceu as colinas em silêncio. A periferia da cidade não mostrou nenhum dos sinais usuais de decadência, dos cantos esquecidos de uma cidade. Ao longo da calçada, um grupo de alunos em uniformes imaculados azul-marinho e branco se aglomerou em torno de um professor que, ao acenar com os braços em direção ao prédio à sua frente, parecia estar explicando alguma faceta da arquitetura local. Uma mãe com um bebê em um carrinho grande e caro passou a contorná-los e notei como os alunos respeitosamente se afastaram para deixá-la passar.

À medida que nos aproximamos de seu centro, as casas ficaram menores e os terraços georgianos dominaram as ruas. O tráfego de pedestres e carros estava muito mais movimentado, assim como seu ritmo.

"Para onde vamos, senhora?"

Procurei o endereço em minha bolsa e disse-lhe o nome da casa de hóspedes.

"Sim, senhora."

"Você sabe onde fica"?

"É 'o conhecimento', senhora". Ele tocou a ponta do chapéu com a mão enluvada e, no espelho retrovisor, vi a sanfona de pele em volta de seu sorriso. O relógio analógico embutido no painel de nogueira marcava 11 horas. A sessão da conferência não começaria por uma hora, então eu tive tempo para fazer o check-in e me refrescar. Depois dos acontecimentos da manhã, estava ansiosa por uma discussão científica. Eu me perguntei se Madeleine e Carlo teriam chegado. A nobreza desta cidade irritaria o egocêntrico piloto de carros de corrida?

O táxi parou em frente a uma casa de hóspedes branca em estilo georgiano que parecia ter uma localização central. Harold ergueu a mão em rejeição às notas que ofereci.

"O Sr. Sinclair cuidou disso, senhora".

Eu estava confusa.

"Sr. Elliot..." Ele explicou, mantendo uma expressão impassível.

Ao fechar a porta do táxi, senti como se estivesse encerrando um hiato significativo em minha jornada, embora meus dedos continuassem segurando a maçaneta. Não precisa terminar aqui, pensei. Ele sorriu e bateu no chapéu em despedida. Eu soltei a porta.

CAPÍTULO TRINTA E TRÊS

O interior do hall era simples e moderno, e me perguntei se eu seria recebida por outra Mabel. Na mesa estava um homem de pele escura na casa dos trinta que ergueu os olhos da tela do computador quando me aproximei. O branco puro de sua camisa contrastava lindamente com sua pele e destacava as unhas bem cuidadas que deslizaram relutantemente do teclado.

"Bom dia," disse ele em um inglês britânico, exibindo dentes brilhantes que, notei, eram cativantemente tortos. Quando lhe disse meu nome, ele tirou uma chave da escrivaninha e me pediu que o seguisse ao longo do corredor que dava para um grande átrio octogonal. Quando entramos, a luz do sol explodiu por trás de uma nuvem como um holofote sinalizando nossa chegada. O átrio era uma extensão do edifício georgiano original, cuja fachada posterior de tijolos era visível através do teto de vidro. Estava decorado com as cores tropicais vermelho, amarelo e verde, e eu meio que esperava ver um tucano em uma gaiola. Grandes livros sobre arquitetura e móveis exóticos foram colocados para melhor efeito em uma mesa de centro de vidro. O efeito foi deslumbrante e, embora parecesse uma visão incongruente na Inglaterra, sob o sol que entrava pelo vidro, funcionou.

À minha esquerda, portas duplas levavam a um pátio pavimentado cheio de mesas e cadeiras de ferro forjado branco. Segui meu guia pela sala até um corredor que levava a uma extensão do edifício. Ele parou na primeira sala à esquerda e, quando abriu a porta, novamente o sol estava lá para me receber através da única janela de vidro que dava para o pátio.

"Perfeito", eu disse.

Ele fez uma pequena reverência e sorriu com orgulho que me fez pensar se ele era o dono, o átrio tropical uma concessão à sua saudade de casa.

"O café da manhã é servido na sala de jantar a partir das seis horas", disse ele, recuando para o corredor. "O Conservatório", disse ele, apontando para a sala de vidro, "está aberto para convidados até às 23h". Ele se virou para o telefone na modesta escrivaninha atrás de nós. "A recepção funciona 24 horas por dia, mas a cozinha fecha às dez".

Agradeci e indaguei sobre a distância até a universidade, percebendo que meu sotaque ficou mais arredondado na presença de seu inglês perfeito. Apenas uma caminhada de dez minutos, ele me garantiu, e deu as instruções. Quando ele saiu, sentei-me na cama de solteiro e desejei ter me permitido o luxo de um quarto duplo. Desta vez, eu estava realmente sozinha. A solidão, eu estava começando a perceber, só era atraente quando havia outros esperando que você voltasse para eles, e agora eu ansiava pela chegada iminente de minha irmã.

Na rua, virei à esquerda conforme as instruções e segui pela rua movimentada. Em pouco tempo, o terreno da universidade estava claramente à vista cerca de 300 metros adiante. Grandes extensões de gramado a afastavam da rua, protegendo os prédios da estrada. Centenas de estudantes salpicavam os gramados, alguns em grupos conversando, outros figuras solitárias lendo ou dormindo ao sol. Pensei nos meus dias de universitária e senti uma pequena emoção, um eco daquela época, ao seguir o caminho até à imponente fachada de estuque.

Faltavam ainda trinta minutos para a sessão sobre a história da obstetrícia. Uma placa me direcionou para a Conferência de Obstetrícia com uma seta apontando ao longo de um caminho à minha esquerda. No final, havia um edifício vermelho-ferrugem ligado ao núcleo central da universidade por uma artéria envidraçada. As portas duplas de carvalho estavam entreabertas e entrei no saguão, cujas profundas paredes cor de vinho me lembravam de um útero.

Várias pessoas conversavam no patamar dos fundos da entrada. Uma mulher se virou quando entrei e desceu para me cumprimentar. Ela sorriu quando nos aproximamos, e fiquei impressionada com a familiaridade de seu rosto.

"Buongiorno," disse ela, estendendo a mão em saudação. Ela era alta e magra, e seu cabelo louro estava preso em um grampo acima da gola enrolada de seu suéter preto. Quando ela falou, seus olhos delineados com kohl eram calorosos e expressivos. Ela não era jovem, talvez tivesse quase quarenta anos, mas era linda. Eu a examinei, tentando refrescar minha memória.

“Eu sou Lúcia Lorenzo,” disse ela ao pegar na minha mão.

Repeti mentalmente o nome dela, tentando encontrar uma conexão. Quando eu disse a ela o meu, suas sobrancelhas se arquearam de surpresa.

“Dottoressa Cavanagh”.

"Nos conhecemos?” Eu disse, mas de repente me dei conta de que se tratava de Lúcia Lorenzo, do Hospital Fatebenefratelli. Eu examinei seu rosto em busca de provas de que ela era a mulher do Panteão, a mulher das minhas visões, mas a ideia parecia absurda.

Ela me considerou. "Não... Não nos conhecemos, mas ouvi falar de você".

Ela sabia sobre a morte de Bonnie, eu me perguntei. De repente, me senti uma farsa e desejei não ter vindo.

"Estou muito honrada que você tenha vindo de tão longe. Quando vi seu nome na plateia, esperei que pudesse falar..."

"Ah, não..." Interiormente, eu vacilei com o pensamento. Eu havia feito muitos artigos em conferências ao longo dos anos, mas agora isso parecia uma vida anterior e, momentaneamente, eu me esforcei para lembrar os princípios de meu próprio trabalho.

Ela acenou com a cabeça em compreensão e me acompanhou até o patamar.

"Registre-se aqui," disse ela, e me dirigiu com sua mão elegante em direção à porta à direita. "Há refrescos disponíveis..."

Agradeci quando ela me deixou para se juntar aos outros.

Na sala que ela indicou, assinei meu nome e examinei a extensa lista de outras pessoas por alguém que eu pudesse reconhecer. Embora os praticantes de obstetrícia geralmente fossem do sexo masculino, havia um grande número de mulheres inscritas na conferência. Visto que o assunto era a profissão de parteira, não fiquei surpresa. Em meus anos de prática, conheci apenas um punhado de mulheres que haviam se formado para serem obstetras. Embora os números estivessem aumentando, demoraria muito para que o desequilíbrio de gênero melhorasse significativamente.

Duas sacolinhas, uma com meu nome, estavam sentadas solitárias na mesa. Um anúncio estava direcionando as pessoas para o auditório. O auditório era um núcleo circular no andar térreo do prédio. Era um projeto antigo que não maximizava o espaço de forma vantajosa. O auditório central estava quase lotado e houve um zumbido de saudações entusiásticas que foi silenciado pelo tapete grosso. Havia assentos vazios bem na frente e rapidamente desci os degraus quando as luzes começaram a diminuir.

Diante de aplausos respeitosos e agradecidos, Lucia Lorenzo assumiu sua posição no pódio. Quando os aplausos pararam, ouvi o barulho de um participante atrasado, o dono da outra sacolinha, presumi, alguns assentos atrás de mim. Quando os comentários introdutórios começaram, eu silenciosamente vasculhei a sacola pelo programa. Lucia Lorenzo estava listada como presidente da conferência e havia um breve discurso abaixo de sua fotografia. Inclinei o programa para a mínima luz disponível. "*Dottoressa Lucia Lorenzo é chefe de obstetrícia do Hospital Fatenbenefratelli de Roma. Como conselheira do Governo italiano para a saúde da mulher, ela é uma defensora incansável do aumento do papel das mulheres treinadas nas práticas atuais de obstetrícia e parto.*"

Lembrei-me de que a recepcionista havia dito que ela estava na Inglaterra. Lembrei-me de como fiquei chocada com sua semelhança com a mulher do Panteão e, embora em vida ela fosse mais velha do que na fotografia, a semelhança ainda era óbvia. No entanto, seu interesse por mim não parecia ir além do profissional. A proeminência dessa mulher em minha imaginação era apenas isso, concluí, minha imaginação.

Lucia Lorenzo falou com eloquência, suas inflexões italianas realçando o valor de escuta de sua fala. Sua introdução foi uma visão geral da história mais recente das práticas de obstetrícia no Ocidente. Percorrendo lentamente as imagens dos pioneiros no campo que foram projetadas no quadro branco atrás dela, ela ocasionalmente parava para elaborar sobre a contribuição de um indivíduo. No período até o final do século 19, havia poucas mulheres, mas as representadas deram contribuições significativas para a nossa compreensão e melhorias nas práticas de parto. Tive uma sensação de vergonha por minha ignorância. Ela retrocedeu mais no tempo e se afastou da América e da Grã-Bretanha para a Grécia.

"O terceiro século," disse ela, e fez uma pausa. Embora a imagem atrás dela fosse uma representação artística, o rosto que preenchia a tela era cativante. O artista havia desenhado os olhos grandes, escuros e determinados para que seguissem o observador. Acima do lábio superior cheio havia uma sombra tênue sugerindo um gênero indeterminado. O cabelo estava escondido sob o capuz de uma capa, embora houvesse uma sensação de arrogância ou franqueza na figura.

"Agnodice," Lúcia disse com orgulho e deixou a imagem na tela. Ela nos contou a história de uma mulher grega que estudou obstetrícia. A história seria normal se não fosse pelo fato de que as mulheres eram proibidas de estudar. O significado da sombra sobre o lábio ficou claro. Agnodice havia se disfarçado de homem.

Quando olhei novamente nos olhos de Agnodice, fiquei comovida com sua história, assim como, parecia, a artista havia ficado. Na hora seguinte, aprendi muito com Lucia Lorenzo. Ela era apaixonada por restaurar a obstetrícia ao que ela via ser o lugar de direito das mulheres. Não que ela desprezasse os avanços significativos dos homens que passaram a dominar a profissão, mas ela queria restaurar o feminino, ter reconhecido os modos de saber que pertenciam às mulheres.

Quando a imagem desapareceu da tela, ela disse: "Agnodice pode nem ter existido. As anedotas de sua história têm em suas raízes os costumes e crenças da época, mas, meus queridos colegas," e aqui ela parecia estar se dirigindo às mulheres no auditório, "somos o legado vivo de Agnodice e das mulheres antes de nós". Ela desligou a tela. "Amanhã continuaremos nossa história".

A sala iluminou-se por etapas e o público começou a levantar-se junto. À medida que a conversa ia morrendo no corredor, sentei-me mais um pouco, contemplando o que havia aprendido e resolvi voltar no dia seguinte. Achei que todo mundo havia ido embora, mas, quando peguei minha bolsa e minhas anotações, ouviu um som atrás de mim e, quando me virei, vi as costas de um homem desaparecendo pela porta traseira. Não havia sinal dele no corredor ou no saguão. Do lado de fora, pequenos grupos se formaram à medida que números de telefone e fofocas acadêmicas eram trocadas. Por algum motivo, duvidei que ele estivesse entre eles.

Liguei meu telefone para checar a hora e fiquei surpresa ao ver que duas horas haviam se passado. O programa oferecia uma palestra sobre depressão pós-parto e, enquanto eu pensava se deveria ir, o telefone vibrou na minha bolsa.

“Oi, Dee.” A voz de Madeleine estava brilhante, e eu sorri interiormente com o som dela.

“Oi, Mads. Onde você está?”

"Provavelmente a cerca de... Um quilômetro de distância", disse ela, com ânimo exagerado. "Estamos no Royal Crescent," acrescentou ela com uma pitada de constrangimento. Eu conhecia o lugar e o tinha olhado com cobiça no caminho para Bath.

"Qual é o seu plano?"

"Bem, você tem palestras, não é"?

O programa ainda estava suspenso no ar na minha outra mão. "Não até amanhã."

"Ah..." A voz da minha irmã parecia surpresa e havia uma sugestão de outra coisa.

"Você tem outra coisa para fazer"?

"Bem, tínhamos planejado ir para Bristol por algumas horas, mas podemos mudar..."

“Está tudo bem, Mads, tenho algumas coisas a fazer de qualquer forma. Vamos nos encontrar para jantar”?

"Claro!" Sua resposta foi imediata e ineficaz em esconder seu alívio.

Marcamos um horário e me ofereci para encontrá-los no hotel, uma boa oportunidade para ver o interior cinco estrelas. Com algumas horas para matar, reavaliei a palestra pós-parto, mas decidi contra ela e voltei pelo caminho que fizera para a universidade.

Na estrada, parei, desejando ter tido a precaução de trazer um mapa e decidi que o caminho mais seguro era retornar na direção da minha casa de hóspedes. O tráfego movia-se em um ritmo frenético ao longo das estradas principais para Bath e abalou meus nervos mais do que jamais fizera em Roma. Quando uma rua lateral ficou disponível, eu virei nela, respirando um suspiro de alívio.

CAPÍTULO TRINTA E QUATRO

No silêncio, minha mente se voltou para Agnodice. Real ou não, ela havia me afetado, embora eu não tivesse certeza de que forma ou por quê. Mentalmente, procurei no rosto do Dra. Lorenzo novamente por sua semelhança com a minha mulher mística. Embora eu pudesse racionalizar as semelhanças - cabelos claros, traços aquilinos seriam comuns o suficiente - eu não poderia argumentar com a certeza instintiva de que elas eram a mesma pessoa. Mas eu não entendi o que isso poderia significar. Reconheci que talvez algo estivesse obstruindo minha visão. Havia muita angústia interna servindo de obstrução: a morte de Bonnie, a partida de Julian, uma carreira suspensa no ar. Se eu investigasse mais fundo, poderia encontrar mais: um relacionamento conflituoso com minha mãe, um medo de se tornar estéril com o passar do tempo e, quando eu admiti, uma inveja da felicidade de minha irmã. No entanto, nada parecia ser "aquilo" e me perguntei se, talvez, não havia nenhuma explicação.

Quando criança, eu era uma sonhadora, inventando no meu sono cenas selvagens e fantásticas que pareciam ser feitas de nada mais do que imagens insignificantes coletadas durante o dia. *Seria porque agora minha mente não estava mais ocupada com trabalho e estudo que estava simplesmente funcionando livremente? Talvez eu estivesse entediada.* O pensamento me deu uma sensação de alívio, embora eu sentisse que uma parte mais profunda de mim não pudesse ser tão facilmente convencida.

A rua lateral dava para um grande shopping repleto de lojas. Eu me perguntei como a autêntica experiência britânica de chá Devonshire se compararia com a da bancada da cozinha de Sophia, mas parecia haver apenas cafés chiques e modernos. Resignando-me com um chai latte e uma fatia de pão de granola orgânico, notei, do outro lado do shopping, uma casa de chás quase pitoresca demais para ser verdade. Quando eu cruzei para lá, eu internamente me encolhi. Enquanto minha irmã estava "nas nuvens" com um famoso garanhão italiano, eu estava escolhendo passar um tempo solitário em meio as cabeças grisalhas que apareciam por trás da cortina de renda do café.

A porta abriu suavemente. Nenhuma campainha para me dar as boas-vindas como na pequena loja de Jacinta. As toalhas nas mesas não eram tão fofas quanto eu pensava, mas estavam impecavelmente limpas. Uma mulher, vestida com um vestido preto e avental branco impecável, se aproximou de mim com um olhar preocupado que sugeria que eu tinha tropeçado no estabelecimento errado. Embora eu achasse que ela estava na casa dos setenta, seu cabelo impossivelmente preto estava repartido ao meio e preso na nuca com um laço carmesim. Fã de Brontë, pensei, aqui no país de Austen. Atingi sua testa franzida com um sorriso que a desarmou.

"Sim?" ela disse, forçando um sorriso.

"Chá e scones, por favor", eu disse, ciente de que meu sotaque australiano havia franzido seus lábios.

Uma sobrancelha tingida se ergueu teatralmente quando ela se virou para uma mesa ao lado do armário refrigerado.

"Prefiro este," disse eu, e sentei-me a uma mesa perto da janela.

Quase sem tempo para ferver uma chaleira, um bule de chá e uma xícara de porcelana foram colocados diante de mim. Dois scones robustos e perfeitamente glaceados sentavam-se pertinentes em um prato cercado por pratinhos menores de geleia de morango e creme. Fiquei surpresa por não ter recebido os pequeninos da ninhada. "Brontë" pousou brevemente as pontas dos dedos pálidos sobre a mesa, como se esperasse por algum tipo de resposta.

"Eles estão lindos," me senti compelida a dizer e contive uma risada.

Ela deu uma bufada suave e saiu para se sentar em outra mesa onde, eu percebi, ela abanava uma explosão de calor fora da estação.

Em um suporte na parede havia vários folhetos diferentes e escolhi um sobre os pontos turistícos de Bath. Detalhava fatos que eu já conhecia - a arquitetura georgiana, a conexão de Jane Austen e as Termas Romanas. Abri um mapa anotado do famoso local histórico - o As grandes termas e as Termas leste e oeste. As termas do rei, eu li, foi construído no local da fonte sagrada original, onde a deusa Sulis Minerva era adorada nos tempos pré-romanos. Senti como se o meu coração tivesse parado. Respirei fundo e continuei lendo: "Segundo a lenda, o rei celta Bladud foi curado da lepra pela deusa da cura e da fertilidade Sulis (ou Sul), nas fontes termais naturais em 860 AEC. No primeiro século, os romanos construíram termas em torno da fonte e um templo dedicado a Sul e sua própria deusa, Minerva, e seu deus adotivo, Asclépio..."

Enquanto falava mentalmente o nome dela, senti a dor começar como uma pequena câibra na boca do abdômen.

Lentamente, ele se espalhou em uma onda pelo meu assoalho pélvico e me preparei para o agravamento, embora tenha parado rapidamente. Quando olhei para cima, meu dedo ainda pressionado no mapa, “Brontë” estava me olhando de cima das portas giratórias do salão que levavam à cozinha. À distância, seus cabelos e sobrancelhas negros davam-lhe uma malevolência que era intensificada pela chama do arco em sua nuca. Quando ela desapareceu na cozinha, coloquei o dinheiro debaixo do guardanapo e saí.

Com o folheto enfiado na bolsa, virei à esquerda no shopping e segui as placas de sinalização em direção as Termas romanas. Embora meu corpo estivesse fraco, meus sentidos estavam aguçados como se estivessem eletrizados, embora eu estivesse ciente de que minha visão periférica parecia embotada e cinzenta. Eu sabia que deveria consultar um médico, mas, no fundo, me sentia calma e forte, e meu ritmo de repente se acelerou com a energia de uma mulher dias antes do parto.

A entrada da rua para as termas era humilde em comparação com o grande hall. Uma longa fila havia se formado na bilheteria, mas parecia haver um número equivalente saindo. Na cabine, um homem idoso se atrapalhou com o dispensador de ingressos.

"Tour?”

"Não, obrigada”.

Ele me entregou minha passagem. “Sul espera”.

"Perdão?”

Ele sorriu, mas então se dirigiu à pessoa por trás em uma gentil despedida.

Mais adiante na entrada, grupos de turistas se reuniam em torno de seus guias como crianças em idade escolar, e me perguntei se tomei a decisão certa de ir sozinha. Eu sabia poucos detalhes sobre a história das termas, mas de alguma forma, eu sentia que estava aqui para o presente.

Quando o primeiro grupo turístico se afastou, eu o segui a uma distância discreta. No terraço que dava para o magnífico Grande termas, descobri que ele era forrado com folhas de chumbo e que os pilares circundantes poderiam suportar um telhado envolvente. A partir daqui, segui as instruções para um museu no local do que se pensava ter sido um templo. Lá dentro, havia várias pessoas circulando em torno dos artefatos que foram isolados no centro do edifício. Apesar da multidão, a atmosfera estava relativamente tranquila e as pessoas falavam em voz baixa enquanto paravam para inspecionar os vários tesouros. A cabeça dourada de uma deusa, maior que a vida, atraía a maior atenção. Quando consegui me aproximar, li que era o busto de Sulis Minerva. Eu examinei o rosto, mas a representação não tinha significado para mim.

Na parte de trás do prédio, uma seção quebrada de um pequeno altar de mármore era visível no meio da multidão. Eu me aproximei para ter uma visão melhor. Uma placa nomeava a figura de um homem com os braços estendidos como Apolo. Sob seus pés, uma linha dupla tecia em torno da base do altar. Em intervalos, o espaço entre as linhas era tramado para representar as escamas de uma cobra - Asclépio - e, conforme eu seguia seu caminho na parte de trás da peça, vi que ela enrolava e passava pelos cabelos trançados de outra figura antes de se enroscar para baixo em sua mão aberta - Sulis Minerva. Sob seus pés, uma inscrição foi cortada grosseiramente na rocha. Sua tradução dizia simplesmente: "Verdade".

A tonalidade rosa do mármore, que agora reconhecia, dava uma qualidade quase natural à escultura. Embora o altar estivesse fragmentado e lascado, um pequeno pedaço faltando na palma da mão de Sul chamou minha atenção. Por instinto, vasculhei o bolso interno da minha bolsa e tirei o pacote que continha a pedra. Discretamente, e disfarçando meus movimentos com um lenço no nariz, manuseei a pedra entre os dedos. Estendi a mão e pressionei na cavidade da palma da mão de Sul prendendo a respiração no caso de um alarme tocar. No começo não encaixou, mas o tirei, girei e tentei novamente. Encaixou-se perfeitamente.

Minha mão se retraiu como se tivesse sido queimada. Mais abaixo na sala, um segurança estava observando. Paralisada de ansiedade, esperei que ele se aproximasse, mas ele sorriu e se virou. Eu olhei de volta para o altar, duvidando do que tinha acontecido, mas a palma da mão de Sul estava lisa. Não conseguia distinguir onde a pedra havia sido inserida.

Degraus de pedra gastos com o tempo e cobertos com tiras de borracha levavam a uma passagem no nível inferior, o Termas do rei. Aqui o ar era sulfuroso, apesar das aberturas cortadas na rocha. À frente, a luz refletida dançava nas paredes em um código repetitivo. Minha mão se desviou para tocar a parede ao meu lado e eu podia sentir o zumbido baixo do ar condicionado reverberando em algum lugar acima.

Quando virei em um canto em torno de um pilar gasto e reforçado, prendi a respiração. Uma piscina grande o suficiente para quarenta romanos era iluminada por luzes submersas e, sob as finas nuvens de vapor, a água era verde e surpreendentemente límpida. Na extremidade oposta da câmara, um jovem casal era o fim de um grupo turístico e, atrás de mim, eu podia ouvir ecos do próximo grupo se aproximando. Caminhei ao longo da barreira, absorvendo-a e li que aquele era o coração do termas, construído na fonte sagrada onde Sul havia sido adorada há muito tempo.

Sentei-me em um banco recuado quando um pequeno

grupo entrou na câmara. Eles fizeram sons de admiração, mas passaram para a outra extremidade, onde o guia lhes contou uma história resumida. Sul havia me trazido aqui. O pensamento causou um arrepio involuntário na minha espinha até seu fim e se espalhou, agora em surtos de dor, pela minha pélvis. Recostei-me no assento respirando profundamente, ciente de que gotas de suor estavam formando riachos em meu abdômen. Cinco ou seis pessoas passaram, mas pareciam não perceber minha presença. Abri a boca para pedir ajuda, mas minha garganta estava contraída e seca e meus braços não se moviam.

Entre as contrações musculares, coloquei minha cabeça para trás contra o assento e observei com as pálpebras fechadas enquanto o vapor formava nuvens suaves acima da água. Corpos animados de mulheres avançaram com os braços estendidos. Medo e alívio fecharam meus olhos, e entreguei meu corpo à insistência gentil de suas mãos. Entre elas, fui levantada e colocada em uma cadeira rudimentar com as costas e os braços construídos em forma de pi. O assento tinha uma abertura em forma de meia-lua e estava posicionado abaixo do meu períneo. Óleos doces e perfumados foram esfregados em meus seios e abdômen e, quando outra contração intensa me atingiu, um chumaço de vinagre diluído foi colocado no canal do parto.

Havia cinco mulheres, vestidas com túnicas simples e cada uma tinha uma fita de prata trançada em seus cabelos. Elas eram familiares para mim e, quando a dor diminuiu, observei seus rostos – Ruth, Madeleine, Sophia, minha mãe e minha tia. Elas massagearam meus membros e enxugaram minha testa quando a próxima onda me fez sair para fora do assento.

Do outro lado das águas da nascente, um novo corpo se formou. Reconheci instantaneamente o nariz aquilino, os cabelos longos e louros. Chamei seu nome quando ela avançou e me abraçou. As outras mulheres se afastaram para que Sul tomasse posição em um banquinho que colocaram na minha frente. Juntas, minhas cinco mulheres cantaram canções doces enquanto acariciavam meu corpo. Com uma mão na minha barriga, Sul gentilmente separou minhas coxas e, com a outra, colocou os dedos em minha abertura. Uma onda de dor, desta vez eletrificante e ondular atingiu minha pélvis e eu me contorci, sentindo como se meu interior estivesse sendo forçado para fora. Então, com um grande suspiro, tudo acabou. Fechei os olhos e chorei de alegria – a dor já se fora. Quando olhei de novo, Sul havia sumido e as mulheres estavam se dissipando na névoa. Exausta, mas animada, caí satisfeita em um sono.

CAPÍTULO TRINTA E CINCO

"Dee?"

Um leve balanço me acordou e, quando abri os olhos, o rosto estava tão perto que tive problemas para ajustar minha visão. Madeleine estava inclinada sobre mim e eu olhei ao lado dela procurando minha mãe, tia, Ruth e Sophia.

"Dee," ela disse novamente em um pequeno apelo.

Eu queria responder, mas era como se meu corpo ainda estivesse preso em um sono profundo. Eu me perguntei brevemente se estávamos em Kos ou Roma. Tínhamos um avião, um trem para pegar e eu havia dormido demais? Em um nível mais profundo, eu sabia que não era o caso. Eu me sentia diferente, fisicamente mais leve, como se tivesse me livrado de um fardo pesado.

Meus olhos se adaptaram lentamente ao rosto da minha irmã. Ela estava sentada na cama. Quando nossos olhos finalmente se encontraram, ela sorriu e deu um suspiro que soou como alívio. Olhei para além dela para ver a falta de familiaridade do quarto que era mobiliado com mais opulência do que os outros em que havíamos ficado. Havia uma sombra alta em minha visão periférica direita e eu virei meus olhos para ela. Carlo estava encostado na parede.

"Buongiorno, Dana," ele sussurrou enquanto se afastava da parede e se postava ao lado de Madeleine. Ele também parecia aliviado e parecia ter mudado fisicamente desde a última vez que o vi. Seu rosto era menos anguloso e afiado e havia suavidade em seus olhos. Ele apoiou a mão protetora no ombro de Madeleine e quando ela olhou para ele, fui capaz de imaginar as muitas trocas como essa que ocorreriam entre eles no futuro. Eles estavam apaixonados e, pela primeira vez, me senti genuinamente feliz por eles.

No dia seguinte, segundo me disseram, fiquei imóvel na cama e entrei e saí de um sono sem sonhos. Tudo o que me lembro é a sensação de uma mão quente suave e gentilmente acariciando minha testa e os murmúrios de uma voz masculina. Quando a médica veio me reexaminar e tirar amostras de sangue, ela ficou ao lado da minha cama parecendo perplexa. Se eu pudesse ter falado, teria dito a ela que não havia nada de errado comigo. Eu me sentia mais forte do que nunca. Eu estava me curando de dentro para fora.

Sempre que eu acordava, Madeleine estava sentada ao meu lado e falava sobre acontecimentos triviais do dia. Ela parecia estar sozinha nessas horas e se ocupava ajustando meus lençóis e monitorando a quantidade de luz no quarto. No terceiro dia, Carlo entrou com Sophia. A visão dela despertou uma emoção incrível que foi acalmada pelo toque de sua mão. Enquanto ela e Madeleine olhavam para mim na cama, lembrei-me de minhas cinco mulheres na fonte e seu terno cuidado. Quando Sophia se inclinou sobre mim para falar, olhei em seus olhos e vi uma piscina cor de tanino à sombra de um carvalho. Senti o cheiro de frutas quentes e vi Sul emergir do submundo. Ao pisar na margem sob a vasta árvore, a cobra de Asclépio escorregou das águas e se enrolou em seus pés. Juntos, eles estavam me implorando para fazer algo.

Quando me virei para olhar para trás, muitas pessoas haviam vindo adorar. Alguns olhavam com medo para algo no chão. Fui até eles e vi uma mulher dando à luz estendendo a mão de dor, o sangue escorria por suas coxas. Alguns jogavam feitiços ao lado dela, mas outros se viraram. As crianças estavam com medo. Três mulheres estavam próximas e eu implorei que me ajudassem. Enquanto eles acariciavam e acalmavam a mulher, eu separei suas pernas e procurei a cabeça do bebê. Cantem para ela, eu disse a eles, e suas doces vozes nos envolveram. A pélvis da mulher começou seu ritmo natural e nas minhas mãos um menino nasceu. Quando o coloquei no seio de sua mãe, me virei para a árvore. Sul e a serpente haviam partido.

No segundo dia, Madeleine colocou a bandeja no meu colo e afofou os travesseiros atrás de mim. Ela se sentou na cama e me estudou enquanto eu tomava um gole de chá.

"Qual é o problema?" Eu disse.

Ela parecia estar lutando sobre me dizer. "Nada".

"Mads?"

"Bem, ainda não conversamos sobre o que aconteceu com você".

Larguei minha xícara e contei a ela o que conseguia me lembrar, embora não tivesse muitas lembranças além de cair em um sono profundo e reparador. Ela estava em silêncio e sem expressão enquanto eu falava, balançando a cabeça de vez em quando, mas parecia estar escondendo algo.

"E então", eu disse, "não falamos sobre como vim parar em seu hotel".

Ela ergueu as sobrancelhas e soltou um suspiro ao se recostar.

"Dee... Não tenho certeza se você está bem o suficiente".

"Madeleine!"

Ela se mexeu na cama, mas sua cabeça estava ligeiramente inclinada para longe de mim, como se esperasse ser atingida. "Julian encontrou você."

Minha cabeça caiu para trás nos travesseiros como se fosse eu que tivesse levado um tapa.

"Julian me encontrou". As palavras faziam pouco sentido para mim.

"Sim," ela disse calmamente e, eu percebi, culpada. "Ele ficou com você na ambulância a caminho do hospital, mas você lutou tanto por não querer ir para lá, que a transferiram para cá."

Havia tanto que ela estava me dizendo que eu não conseguia pensar por onde começar, embora em um nível mais profundo eu sentisse a mudança de algo acontecendo.

"Você disse a Julian que eu estava em Bath?"

"Sim".

"Por que?"

Madeleine corou. "Eu estava preocupado com você..."

"Onde ele está?"

Ela olhou para a colcha, "No quarto dele no fundo do corredor. Ele vem aqui todos os dias.".

"No quarto dele no fundo do corredor" Repeti as palavras, tentando extrair algo sólido e real na frase. Madeleine não se moveu, mas estava me observando com atenção.

"Ele vem aqui todos os dias?"

"Sim".

"Como ele está?"

"Destruído".

"Por que ele estava me seguindo, Mads?"

Ela soltou uma risada exasperada, "Ele não está te seguindo. Ele te ama. Ele está preocupado com você desde o processo judicial, me ligava todos os dias durante aquela época... Mais se tivesse falado com você antes. Você sabia que ele estava lá no dia em que você foi exonerada"?

"Mas por que ele não me contou?"

"Você o afastou, Dee. Julian nunca te deixou. Você o deixou".

Era verdade. Eu sabia disso profundamente. Outra mudança ocorreu.

"Foi Julian quem mandou as cartas, não foi?"

Madeleine corou. Ela estudou a roupa de cama esperando minha repreensão.

"Ele me ama," eu disse, em vez disso.

Ela ergueu os olhos. "Devo dizer a ele para entrar?"

Apesar da minha vontade de vê-lo, precisava de tempo para processar tudo o que havia acontecido e tudo o que estava ouvindo.

"Não, ainda não... preciso de tempo... para pensar".

Madeleine deu um pequeno suspiro de exasperação e levantou a mão do colo. Ela estava segurando algo e moveu hesitantemente em minha direção.

"O que é?"

"Uma carta... não, não uma das cartas." Ela riu, mas tinha um tom nervoso e ansioso. "Foi entregue na recepção, para você." Agora minha irmã encontrou meu olhar e o segurou. "Eu o vi, aquele que a deixou. Ele é bonito, em um tipo de gigolô. Não é o seu tipo".

Mudei minha posição um pouco mais para cima nos travesseiros e tirei o envelope de sua mão, embora ela parecesse relutante em deixar eu pegar da mão dela. A frente estava simplesmente endereçada para: "Dana". No verso havia uma única inicial "E".

Enfiei-o sob o lençol para ler em um momento de silêncio. Madeleine parecia estar prestes a dizer algo, mas pensou melhor e, sem dizer uma palavra, me deixou em paz.

CAPÍTULO TRINTA E SEIS

Na manhã seguinte, Sophia voltou e sentou-se ao lado da cama, bordando uma linda fronha de linho.

"Para Madeleina," disse ela, segurando-a para minha inspeção. O meio estava intacto, mas em torno de seu perímetro havia pequenas flores em vermelho, azul e verde. Ela retomou a costura.

"Obrigada," eu disse para o topo de sua cabeça.

Ela ergueu os olhos.

"Por ter vindo".

Ela sorriu. "Prego, Dana". Então ela deu um tapinha na minha mão.

Enquanto Sophia costurava, meus pensamentos se voltaram para Julian. Eu queria vê-lo, mas ainda estava entorpecida e cansada. Senti que havia mudado, mas ainda não sabia de que maneira.

"Sophia," eu disse para o cabelo salpicado de sua cabeça inclinada. Ela olhou para cima, mas desta vez dobrou a fronha e colocou-a cuidadosamente na cama. Pegando minha mão nas dela, ela inclinou a cabeça para o lado, esperando que eu falasse. Falei então, como fizera na *villa*, sobre Julian, que o amava e sempre amaria, e contei a ela sobre Elliot. Eu disse que queria voltar ao meu trabalho, que haveria uma diferença, que faria a diferença na formação de mulheres em obstetrícia e como parteiras, mas ainda não sabia como.

Escutei a mim mesma, surpresa com o que estava dizendo, mas sabendo que estava certa. Sophia pode não ter entendido, mas ela balançou a cabeça e acariciou minha mão. Era o suficiente simplesmente ser ouvido enquanto camadas minhas abertas. Quando terminei, quando me senti limpa, ela saiu e voltou com um bule de chá de erva-cidreira e alecrim. No vapor de nossas xícaras, ela falou em sua língua nativa e, embora eu não soubesse o que ela estava dizendo, entendi que era uma terapia, para nós duas, simplesmente conversar.

Naquela noite, sonhei que estava no Panteão de Stourhead. Era final da primavera e as frutas estavam brotando entre as vibrantes folhas verdes das árvores. O ar que girava levemente ao redor do meu corpo era uma mistura de calor e frio. O gato abissínio veio me cumprimentar debaixo de um arbusto próximo. Ele se enrolou nas minhas pernas e arqueou as costas em antecipação ao meu golpe. Os degraus para a varanda se fundiram com as camadas do Asclepeion e juntos subimos como tínhamos feito no inverno anterior, embora desta vez com uma energia juvenil. Na porta, esperamos com alegre expectativa. Das profundezas, vinha o som de passos subindo.

Houve uma pausa, um leve rangido quando a porta se abriu e dei um passo em direção à luz.

FIM

Caro leitor,

Esperamos que você tenha gostado de ler *Um Único Suspiro*. Reserve um momento para deixar uma crítica, mesmo que curta. A sua opinião é importante para nós.

Atenciosamente,

Amanda Apthorpe e Next Chapter Team

RECONHECIMENTO

Eu gostaria de agradecer Miika Hannila e a equipe do Next Chapter pelo incrível trabalho nesta republicação. Helen Goltz por sua experiência e apoio na publicação inicial e Marion M Campbell por seus conselhos perceptivos, incentivo e orientação ao longo da escrita e revisão deste romance.

Acima de tudo, agradeço ao meu parceiro Chris, minha família e amigos pelo apoio e incentivo.

SOBRE A AUTORA

Amanda adora escrever. Mal ela inseriu o ponto final no último romance e ela já está se preparando para o próximo. Amanda também adora ensinar e compartilhar com seus alunos o que sabe e o que ainda está aprendendo sobre escrita. Ela possui um Master of Arts e PhD em Creative Writing e é ativa no mundo da escrita nacional e internacional, apresentando-se em conferências e workshops de escrita.

Um único suspiro acompanha Whispers in the Wiring nas estantes reais e virtuais e *Hibernia* e *One Core Belief* devem ser lançados em breve. Além de escrever ficção, Amanda publicou dois volumes de *Write This Way* série: 'Time Management for Writers' e 'Finding Your Writer's Voice', com mais volumes a caminho.

Amanda é uma autora, professora e estudante de ioga que vive em Melbourne (Austrália).

Um Único Suspiro
ISBN: 978-4-82412-310-7

Publicado por
Next Chapter
1-60-20 Minami-Otsuka
170-0005 Toshima-Ku, Tokyo
+818035793528

17 janeiro 2022

CPSIA information can be obtained
at www.ICGtesting.com
Printed in the USA
LVHW090108040222
710080LV00004B/101

9 784824 123107